A MORTE DE IVÁN ILITCH
E OUTRAS HISTÓRIAS

LEV T

OLSTÓI

A MORTE DE IVÁN ILITCH
E OUTRAS HISTÓRIAS

TRADUÇÃO DE
TATIANA BELINKY

PROJETO GRÁFICO E ILUSTRAÇÕES
HÉLIO DE ALMEIDA

Copyright © Editora Manole Ltda., 2011,
por meio de contrato com a tradutora.

Amarilys é um selo editorial Manole.

Este livro contempla as regras do Acordo Ortográfico
de 1990, que entrou em vigor no Brasil.

CAPA, PROJETO GRÁFICO E ILUSTRAÇÕES
Hélio de Almeida

DIAGRAMAÇÃO E REVISÃO
Depto Editorial da Editora Manole

Dados Internacionais de Catalogação na Publicação (CIP)
(Câmara Brasileira do Livro, SP, Brasil)

Tolstói, Leão, 1828-1910.
A morte de Iván Ilitch e outras histórias / Lev Tolstói ;
tradução de Tatiana Belinky. — Barueri, SP: Manole, 2011.

Título original: Smiêrt Ivána Ilitchá
ISBN 978-85-204-3077-4

1. Ficção russa I. Título.

10-08307   CDD-891.7

Índice para catálogo sistemático:
1. Ficção : Literatura russa   891.7

Todos os direitos reservados.
Nenhuma parte deste livro poderá ser reproduzida,
por qualquer processo, sem a permissão expressa
dos editores. É proibida a reprodução por xerox.
A Editora Manole é filiada à ABDR – Associação Brasileira de
Direitos Reprográficos.

Edição brasileira – 2011

Editora Manole Ltda.
Av. Ceci, 672 – Tamboré
06460-120 – Barueri – SP – Brasil
Tel.: (11) 4196-6000 – Fax: (11) 4196-6021
www.manole.com.br | www.amarilyseditora.com.br
amarilyseditora@manole.com.br

Impresso no Brasil
Printed in Brazil

Sumário

A arte do último Tolstói   7

A morte de Iván Ilitch   15

Senhor e servo   105

O prisioneiro do Cáucaso   179

Deus vê a verdade, mas custa a revelar   219

De cima para baixo, da esquerda para a direita: retrato de Tolstói por Ilya Efimovich Repin (1887); em seu escritório (1908); com sua esposa e seu filho (1870/1890); em Iasnaia Poliana (1908); e com Anton Pávlovitch Tchékhov (1900). Imagem da página 2: retrato de Tolstói por Ivan Nikolaevich Kramskói.

A arte do último Tolstói

ELENA VÁSSINA

A nova edição de quatro novelas de Lev Tolstói (1828-1910), na brilhante tradução de Tatiana Belinky, é lançada exatamente no ano do centenário da morte de seu autor. Os preparativos para a comemoração dessa data revelaram um verdadeiro *boom* de interesse pela obra e vida do escritor russo no mundo inteiro. Nunca antes foram feitas tantas publicações, pesquisas e traduções do imenso *corpus* documental dos materiais autobiográficos, dos diários de seus familiares e amigos, de sua imensa correspondência, de seus contos para o povo e, em especial, das obras do último Tolstói. Passado um século desde a morte de L. Tolstói, nossos contemporâneos se sentem mais próximos dele e mais maduros para redescobri-lo por inteiro, tão complexo e instigante em sua obra e vida, incrivelmente entrelaçadas, que aguça nossa autorreflexão e todas as "questões malditas" da existência humana.

O Conde Lev Nikoláievitch Tolstói nasceu em 28 de agosto de 1828, em Iasnaia Poliana, propriedade familiar da sua mãe, princesa Maria Volkónskaia (ela pertencia a uma das mais nobres e antigas famílias russas). Criado no meio da alta sociedade russa, Tolstói, apesar de não ter concluído o curso na Universidade de Kazan, conseguiu obter perfeita educação, falava fluentemente várias línguas, enfim, sentia-se como um peixe n'água no mundo das referências da cultura universal. Em 1852, foi publicada sua primeira novela autobiográfica "Infância", que logo o consagrou como um dos jovens escritores mais talentosos. No início da década de 50, Tolstói entrou para o exército e participou de duas guerras, no Cáucaso e na Crimeia. Essa profunda e trágica experiência pessoal inspirou Tolstói a escrever os "Contos de Sebastópol" (1855-1856), impressionantes relatos realistas sobre o cotidiano violento e absurdo de guerra.

Depois de uma viagem pela Europa Ocidental, Tolstói voltou para Rússia, fixou-se em sua propriedade natal e mergulhou na atividade pedagógica. Em 1859, ele funda, em Iasnaia Poliana, a primeira escola para filhos de camponeses (dois anos depois, o povo contaria com vinte e uma escolas organizadas pelo conde), começa a dar aulas, edita uma revista pedagógica e escreve a "Cartilha" para alfabetização dos camponeses.

Acreditando em sua missão iluminista com cada centímetro de sua alma, Tolstói dedica-se também à criação dos chamados *contos para povo*. Dos quatro contos traduzidos por T. Belinky, dois, escritos em 1872, fazem parte das obras que Tolstói incluiria em seus "Livros Russos de Leitura", dirigidos aos leitores populares. Trata-se de "Deus vê a verdade, mas custa a revelar" e "O prisioneiro do Cáucaso" (o último baseado nas memórias da participação na campanha militar). Marcadas pela simplicidade poética da linguagem com tamanha força, estas obras revelam, antes de mais nada, uma das facetas mais preciosas do talento literário do escritor. A simplicidade severa da forma artística, segundo L.Tolstói, deveria refletir aqui a

Verdade (a Última, com maiúscula) que é, no final das contas, simples e transparece onde existe amor ao próximo.

Um novo período de sua vida, pleno de felicidade, inicia-se em 1862 quando ele se casa com a jovem, bonita e admirada Sofia Behrs. Os filhos nasciam, um atrás do outro, e Tolstói continuava sua atividade pedagógica enquanto seus romances encantavam milhões de leitores. Ainda jovem, o autor de "Guerra e Paz" (1869) e de "Anna Kariénina" (1877) conheceu extraordinária fama internacional (até chegou a ser eleito, em 1898, membro correspondente da Academia Brasileira de Letras). Suas obras foram amplamente traduzidas e editadas no mundo inteiro. Tolstói mantinha correspondência e recebia em sua casa (que, no final do século XIX – início do século XX, tornou-se uma espécie de Meca artística e espiritual) escritores, músicos, filósofos e artistas, dentre os quais, figuravam as personalidades mais conhecidas da época.

Parecia que o conde Tolstói já tinha alcançado tudo o que se podia sonhar: o reconhecimento unânime de seu talento literário, o amor da esposa, dos filhos, de seus camponeses e dos leitores, uma saúde ímpar e todos os meios financeiros para a realização de seus sonhos de "bom proprietário de terras"... E, de repente, o escritor fica abalado por uma profunda crise espiritual: confessa que só pensava em suicídio. Em 1879, Tolstói escreve uma obra autobiográfica "A Confissão", em que relata com impressionante sinceridade a via dolorosa das tormentas e dúvidas existenciais que tinha experimentado em busca de ressurreição e como, no fim, conseguiu encontrar o caminho da iluminação espiritual.

Em vários ensaios, dedicados à análise da obra de Tolstói depois de sua *conversão*, já se tornaram comuns as afirmações de que, a partir desse momento, o autor de grandes obras-primas trai o talento literário e se torna um pregador fanático de sua doutrina (o "tolstoísmo") – um escritor-moralista. Porém, tentar separar as múltiplas facetas de Tolstói seria aniquilar sua grandiosa personalidade. Reconhecido líder espiritual e defensor ardente das causas dos pobres e famintos, em nenhum momento Tolstói deixou de ser um grande escritor. E talvez a melhor prova disso sejam as novelas "A Morte de Iván Ilitch" e "Senhor e servo", ambas criadas pelo último Tolstói, ou seja, já na época em que ele passou a negar a importância de ser escritor de ficção.

Antes de publicar o conto "Senhor e servo", Tolstói enviou um exemplar para seu amigo, o crítico literário N. Strákhov, pedindo que ele "desse uma olhada no conto e dissesse se poderia ser publicado. Não seria vergonhoso?" – interrogou o famoso escritor, justificando-se logo em seguida: "Faz tanto tempo que não escrevo nada de ficção que, na verdade, não sei no que deu. Escrevi com enorme prazer, mas não sei mesmo no que deu... Gostaria de saber se minha capacidade se enfraqueceu ou não. E se a resposta for 'sim', isso me amargaria ou surpreenderia tão pouco quanto o fato de que já não posso correr como corria há 40 anos".

No entanto, os leitores logo apreciaram e devoraram a nova obra de Tolstói, lapidada por seu imbatível talento. A primeira publicação de "Senhor e servo", no início de março de 1895, teve 15.000 exemplares, que acabaram se esgotando em quatro dias. Todos os outros 15.000 exemplares editados pela condessa Sofia Tolstáia foram vendidos em apenas quatro horas em um único dia.

O biógrafo de L. Tolstói, P. Biriukov, afirma que a ideia de escrever a história de "Senhor e servo" surgiu durante um inverno feroz, entre 1892 e 1893, quando o escritor, junto com suas filhas e assistentes, foi ao interior da Rússia para ajudar o combate à fome dos camponeses das regiões mais afetadas pela má colheita[1]. Logo no início do conto, Tolstói faz o leitor mergulhar no ambiente campesino, recriado através de poucos detalhes, selecionados pelo autor com infalível precisão – traço próprio do estilo tipicamente tolstoiano – e apresenta assim seus personagens principais: o negociante Vassili Andrêitch, o serviçal Nikita e o cavalo Baio... Tudo e todos, homens, animais e natureza, são inseparáveis no mundo artístico de Tolstói. No caminho até a propriedade vizinha, eles são surpreendidos por uma violenta nevasca, no meio do campo deserto e somente um acaba sobrevivendo: Nikita.

A imagem da nevasca é um dos arquétipos mais marcantes do universo da literatura russa desde a obra de A. Púchkin. Manifestação poderosa da força da natureza, ou seja, de algo imprevisível e maior do que o próprio ser humano, a nevasca destrói os planos do negociante, levando-o ao mesmo tempo ao abismo da morte e à iluminação, ou melhor, à transfiguração espiritual. A narrativa, que começou com o recriar mais

---

1   Em 1892-1893, durante os dois anos em que a fome e a miséria abalaram o país, Tolstói conseguiu abrir 187 cantinas populares que ajudaram a salvar as vidas de 10.000 crianças e adultos.

concreto da realidade cotidiana, de repente nos assombra, adquirindo uma dimensão metafísica.

O mesmo procedimento artístico – o realismo que se intensifica no simbólico e atinge o transcendental – é usado pelo escritor na composição do enredo de "A Morte de Iván Ilitch". O processo de criação dessa pequena obra-prima de pouco mais do que 100 páginas, dedicada à "descrição da morte simples de um homem simples", segundo a definição de seu autor, levou cerca de cinco anos. A novela foi terminada em 25 de março de 1886 e, desde então, não para de fascinar leitores por seu extraordinário vigor na abordagem das principais "questões malditas" e eternas da existência humana, que o último Tolstói soube tratar na literatura de forma incomparável. Quando um dos maiores escritores franceses, contemporâneo de Lev Tolstói, Guy de Maupassant leu "A Morte de Iván Ilitch", admitiu que, em comparação com a novela de Tolstói, "sua obra em dez volumes não valia nada".

É verdade: não há como não perceber na história de Iván Ilitch a pena do genial ficcionista, que conduz a trama com concisão e precisão em cada pequeno detalhe. A novela começa com a notícia da morte de Iván Ilitch, o que se torna para o escritor o pretexto para a descrição da vida do personagem, toda ela "regular" e "ordinária", movida exclusivamente por preocupações egoístas pelo próprio bem-estar. Como apontou o célebre crítico literário russo, Víktor Chklóvski, esta novela "não é sobre o horror da morte, mas sobre o horror da vida".

Iván Ilitch está subindo a escada social da sua carreira, compra um apartamento novo e luxuoso, e, quando acredita que está no topo de sua vida, "certa vez, ao subir na escadinha para mostrar ao tapeceiro obtuso como queria o drapeado, falseou o pé e caiu"... E foi exatamente essa queda que, ao provocar a doença, leva Iván Ilitch à morte, mas antes o faz sentir "uma solidão tamanha, que mais completa que esta não poderia haver outra em lugar algum, nem no fundo do mar nem nas entranhas da terra". Solidão esta parecida com aquela de Vassili Andrêitch, perdido no deserto de neve. Ao contrário dos personagens populares das duas novelas (Nikita de "Senhor e servo" e Guerássim de "A Morte de Iván Ilitch"), os senhores precisam passar pelo caminho árduo das trevas da morte para perceber toda a futilidade da vida regida por objetivos egoístas (vale a pena sublinhar que o egoísmo humano é sempre um dos principais alvos da análise tolstoiana). Mas o verdadeiro sentido da vida revela-se em situações extremas: a proximidade da morte ilumina o eterno e o humano tanto em Iván Ilitch quanto em Vassili Andrêitch, conduzindo ambos, no final, à revelação epifânica da eternidade. "E a morte? Onde está ela?... Em vez de morte havia luz."

Os personagens das obras tardias de Tolstói ganham a oportunidade de romper radicalmente com tudo o que há de "material" e é imposto ao indivíduo pelas formas externas à sua existência, e de ingressar no mundo da liberdade.

Também a última fuga do próprio Lev Tolstói, em novembro de 1910, que culminou em sua morte na pequena estação de trem Astápovo, com certeza se baseia nesta ideia de "afastamento" do mundo material, na ideia de liberdade espiritual na forma da renúncia de tudo o que é morto e imóvel e na busca do caminho que eleva à eternidade.

A MORTE DE IVÁN ILITCH

I

No grande prédio das instituições judiciárias, durante o intervalo da sessão do processo Melvinsky, os membros do tribunal e o procurador reuniram-se no gabinete de Iván Iegórovitch Chebek, e a conversa recaiu sobre o notório caso Krassovsky. Fiódor Vassílievitch defendia acaloradamente a inimputabilidade, Iván Iegórovitch reafirmava o seu próprio ponto de vista, enquanto Piotr Ivánovitch, não tendo entrado na discussão desde o início, não participava dela e passava os olhos pelo Boletim de Notícias que acabara de ser trazido.

— Meus senhores — disse ele —, Iván Ilitch morreu.

— Será possível?

— Aqui, leia — disse ele a Fiódor Vassílievitch, entregando-lhe o exemplar novo, ainda cheiroso.

Tarjado de negro, estava impresso: "Prascóvia Fiódorovna Golóvina participa aos parentes e amigos, com profunda dor, o passamento do seu amado esposo, membro da Corte Judiciária, Iván Ilitch Golóvin, ocorrido aos 4 de fevereiro deste ano de 1882. O sepultamento terá lugar na sexta-feira, a uma hora da tarde".

Iván Ilitch era confrade dos senhores ali reunidos, e todos o estimavam. Já estava doente havia algumas semanas e diziam que seu mal era incurável. O cargo era mantido em seu nome, mas existia a hipótese de que, no caso de sua morte, Alexêiev pudesse ser indicado para a vaga, e para o lugar de Alexêiev iria ou Vínnikov ou Chtábel. De maneira que, à notícia da morte de Iván Ilitch, o primeiro pensamento de cada um dos cavalheiros reunidos no gabinete era sobre que significado essa morte poderia ter para a transferência ou a promoção deles próprios ou dos seus conhecidos.

"Agora, com certeza, ficarei com o lugar de Chtábel ou de Vínnikov", pensou Fiódor Vassílievtch. "Isso me foi prometido há muito tempo, e essa promoção representa para mim um aumento de oitocentos rublos, além do gabinete."

"Preciso solicitar a transferência do meu cunhado de Kaluga", pensou Fiódor Vassílievtch. "Minha mulher vai ficar muito contente. Agora já não se poderá dizer mais que eu não fiz nada pelos seus parentes."

— Eu bem que achava que ele não se levantaria mais — disse Piotr Ivánovitch em voz alta. — Que pena!

— Mas o que é que ele tinha, de fato?

— Os médicos não conseguiram precisar. Isto é, diagnosticaram, mas cada um a seu modo. Quando eu o vi, da última vez, pareceu-me que se restabeleceria.

— Já eu acabei por não o visitar desde as festas. Tencionava fazê-lo, mas não deu.

— E como é, ele possuía bens?

— Parece que sim, pouca coisa, com a mulher. Mas algo insignificante.

— Pois é, agora é preciso ir até lá. Eles moravam longe demais.

— Isto é, longe do senhor. Para o senhor, tudo é longe.

— Ora, ele não conseguia me perdoar por viver do outro lado do rio — disse Piotr Ivánovitch, sorrindo para Chebek.

Começaram a falar sobre as grandes distâncias urbanas e voltaram à audiência.

Além das reflexões que essa morte provocou em cada um a respeito das transferências e possíveis modificações nos cargos que poderiam se suceder a essa morte, o próprio fato da morte de um colega próximo produziu em todos os que tiveram notícia dela, como sempre, um sentimento de alegria porque "foi ele que morreu, e não eu".

"Pois é, ele morreu, mas eu não", pensou ou sentiu cada um. Os conhecidos mais chegados, por assim dizer amigos de Iván Ilitch, pensaram ao mesmo tempo, involuntariamente, que agora precisavam cumprir certas obrigações de cortesia muito enfadonhas, como comparecer às exéquias e fazer uma visita de pêsames à viúva.

Os mais chegados eram Fiódor Vassílievitch e Piotr Ivánovitch.

Piotr Ivánovitch era colega da Faculdade de Direito e considerava-se devedor de gratidão de Iván Ilitch.

Tendo informado à mulher, durante o almoço, sobre a morte de Iván Ilitch, e comentado a possibilidade da transferência do cunhado para o seu distrito, Piotr Ivánovitch abriu mão da sesta, envergou o fraque e dirigiu-se à casa de Iván Ilitch.

Diante da entrada da casa estacionavam uma carruagem e dois coches de aluguel. Embaixo, no vestíbulo, ao lado do porta-chapéus, encostada à parede, estava a tampa do caixão, forrada de brocado, com pingentes e galões polidos. Duas senhoras de negro tiravam as peliças. Uma era a irmã de Iván Ilitch, sua conhecida, e a outra, desconhecida. Um colega de Piotr Ivánovitch, Schwarz, descia a escada e, do alto, do primeiro degrau, ao vê-lo, parou e piscou para ele, como quem diz: "Que tolice aprontou o Iván Ilitch, mas conosco é diferente".

O rosto de Schwarz, com as suíças à inglesa e todo o seu vulto esguio, ostentava, como de costume, elegante solenidade, e essa solenidade, sempre contrastando com o caráter brejeiro de Schwarz, tinha aqui um sabor malicioso todo especial. Assim pensou Piotr Ivánovitch.

Piotr Ivánovitch deixou que as senhoras passassem à sua frente na escada, e acompanhou-as lentamente. Schwarz não começou a descer, permaneceu parado em cima. Piotr Ivánovitch compreendeu a razão: ele com certeza queria combinar onde iriam jogar o seu *whist* esta noite. As senhoras subiram para os aposentos da viúva, e Schwarz, de lábios sérios, apertados, e olhar travesso, com um sutil movimento das sobrancelhas, orientou Piotr Ivánovitch para a direita, para o quarto do defunto.

Piotr Ivánovitch entrou, sem saber direito o que deveria fazer lá dentro, como sói acontecer. Só uma coisa ele sabia: nesses casos, persignar-se nunca era demais. Quanto à necessidade de também fazer alguma mesura, ele não tinha certeza, e, por isso, optou por um meio-termo: ao entrar no quarto, começou a benzer-se e a curvar-se um pouquinho. À medida que lhe permitiam os movimentos das mãos e da cabeça, examinava, ao mesmo tempo, o quarto.

Dois rapazinhos, um deles ginasiano, aparentemente sobrinhos, estavam saindo do quarto, persignando-se. Uma velha estava de pé, imóvel, e uma senhora de sobrancelhas estranhamente levantadas sussurrava-lhe algo. Um sacristão de casaca, animado e decidido, lia algo em voz alta, com uma expressão que excluía qualquer objeção. O mujique-copeiro[1], Guerássim, passando na frente de Piotr Ivánovitch com passos leves, espalhava qualquer coisa sobre o assoalho. Ao ver isso, Piotr Ivánovitch sentiu imediatamente um ligeiro odor de cadáver em decomposição. Na sua última visita a Iván Ilitch, Piotr Ivánovitch vira esse mujique no gabinete: ele exercia o papel de enfermeiro, e Iván Ilitch gostava especialmente dele. Piotr Ivánovitch continuava a persignar-se e a curvar-se ligeiramente na direção intermediária entre o caixão, o sacristão e as imagens na mesa do canto. Depois, quando esse movimento de benzer-se com a mão já lhe pareceu prolongar-se demais, ele parou e pôs-se a examinar o defunto.

O defunto jazia, como sempre jazem os defuntos, peculiarmente pesado, cadavérico, os membros enrijecidos afundados no acolchoado do caixão, a cabeça para sempre apoiada no travesseiro, expondo, como sempre expõem os defuntos, sua testa de cera amarela, suas têmporas afundadas e o nariz proeminente, parecendo pressionar o lábio superior. Estava muito mudado, emagrecera mais desde que Piotr Ivánovitch o vira da última vez. Porém, como acontece com todos os mortos, seu rosto estava mais bonito e, principalmente, mais significativo do que era em vida. Esse rosto tinha a expressão de que o que precisava ser feito fora feito, e bem feito. Além disso, nessa expressão havia ainda uma reprovação ou uma advertência aos vivos. Essa advertência pareceu a Piotr Ivánovitch inoportuna, ou, no mínimo, sem referência à sua pessoa. Mas sentiu qualquer coisa desagradável, e por isso Piotr Ivánovitch persignou-se mais uma vez, apressadamente, e até, ao que lhe pare-

---

1 N.T.: mujique — camponês russo.

ceu, depressa demais, em desacordo com as boas maneiras. Voltou-se e dirigiu-se para a porta.

Schwarz aguardava-o no *hall* de passagem, com as pernas muito abertas, rodando a sua cartola, com ambas as mãos, atrás das costas. Um único olhar para o vulto jovial, asseado e elegante de Schwarz reanimou Piotr Ivánovitch. Ele compreendeu que Schwarz estava acima de tudo aquilo e não se deixava dominar por impressões deprimentes. Seu simples aspecto dizia: o incidente das exéquias de Iván Ilitch não pode de modo algum servir de pretexto suficiente para uma perturbação da ordem da audiência, isto é, nada pode impedir que ainda esta noite abramos, com um estalo, um novo baralho de cartas, enquanto o criado coloca na mesa quatro velas novas; de resto, não há motivo para supor que este incidente possa nos impedir de passar agradavelmente também a noite de hoje. E foi o que disse em voz baixa a Piotr Ivánovitch, quando este passou por ele, propondo reunirem-se para uma partida na casa de Fiódor Vassílievitch.

Mas aparentemente não era o destino de Piotr Ivánovitch jogar *whist* naquela noite. Prascóvia Fiódorovna, mulher baixinha e gorda, que se alargava dos ombros para baixo apesar de todos os seus esforços em contrário, toda de preto, a cabeça coberta de rendas negras, e sobrancelhas tão estranhamente levantadas como as daquela senhora diante do caixão, saiu dos seus aposentos com outras damas e, acompanhando-as até a porta do quarto do defunto, disse:

— O serviço fúnebre já vai começar. Entrem!

Schwarz, com uma mesura vaga, parou, ao que parece sem aceitar e sem recusar esse convite. Prascóvia Fiódorovna, reconhecendo Piotr Ivánovitch, suspirou, aproximou-se bem dele, pegou em sua mão e disse:

— Eu sei que o senhor era um verdadeiro amigo de Iván Ilitch... — e fitou-o, esperando dele uma ação correspondente às suas palavras. Piotr Ivánovitch sabia que, como antes, ali fora preciso persignar-se, aqui se fazia necessário apertar a mão, suspirar e dizer: "Pode crer!". E foi o que ele fez. E, ao fazê-lo, sentiu que o resultado desejado fora atingido: ele ficara comovido e ela também.

— Venha comigo, antes que comecem o serviço, preciso falar contigo — disse a viúva. — Dê-me o seu braço.

Piotr Ivánovitch ofereceu-lhe o braço e eles se dirigiram para os aposentos internos, passando por Schwarz, que deu uma piscadela tristonha para Piotr Ivánovitch. "Foi-se o nosso *whist!* Não leves a mal, mas teremos de arranjar outro parceiro. Quem sabe ainda completaremos o quinteto, quando conseguires livrar-te", dizia o seu olhar malicioso.

Piotr Ivánovitch deu um suspiro ainda mais fundo e triste, e Prascóvia Fiódorovna apertou-lhe a mão, agradecida.

Entrando na sala de visitas, forrada de cretone rosa, com uma lâmpada fosca, eles se sentaram junto à mesa: ela no sofá e Piotr Ivánovitch num pufe de molas desarranjadas, que cedia, torto, sob o seu peso. Prascóvia Fiódorovna quis adverti-lo para que se sentasse em outra cadeira, mas achou tal advertência incompatível com seu estado, e mudou de ideia. Sentando-se nesse pufe, Piotr Ivánovitch lembrou-se de quando Iván Ilitch arrumava essa sala e se aconselhava com ele justamente a respeito desse cretone cor-de-rosa com folhagens verdes. Ao sentar-se no sofá, passando pela mesa (a sala toda, de modo geral, estava repleta de móveis e bugigangas), a viúva enganchou a renda negra da sua mantilha nos entalhes da mesa. Piotr Ivánovitch soergueu-se para desprendê-la, e o pufe, liberto debaixo dele, imediatamente começou a se agitar e a cutucá-lo. A viúva tentou desembaraçar suas rendas sozinha, e Piotr Ivánovitch tornou a sentar-se, apertando o pufe rebelde debaixo de si. Mas a viúva não conseguia soltar tudo, e Piotr Ivánovitch voltou a levantar-se, e o pufe tornou a amotinar-se, e até estalou. Quando tudo isso terminou, ela puxou um imaculado lencinho de cambraia e pôs-se a chorar. Quanto a Piotr Ivánovitch, o episódio com as rendas e a luta com o pufe o esfriaram, e ele permaneceu sentado e carrancudo. Essa situação desconfortável foi interrompida por Sókolov, o copeiro de Iván Ilitch, com a informação de que o lugar no cemitério, indicado por Prascóvia Fiódorovna, custaria duzentos rublos. Ela parou de chorar e, lançando um olhar de vítima para Piotr Ivánovitch, disse-lhe em francês que tudo aquilo lhe era muito penoso. Piotr Ivánovitch fez um sinal silencioso, exprimindo a sua indubitável convicção de que isso não poderia ser diferente.

— Pode fumar, por favor — disse ela, com voz magnânima e deprimida ao mesmo tempo, e começou a falar com Sókolov sobre o preço do lote. Enquanto começava a fumar, Piotr Ivánovitch a ouvia informar-se detalhadamente a respeito dos diversos preços dos terrenos e determinar qual deles seria adquirido. Além disso, após resolver sobre o lote, ela deu ordens também a respeito dos cantores. Sókolov retirou-se.

— Faço tudo eu mesma — disse ela a Piotr Ivánovitch, afastando para um lado os álbuns espalhados sobre a mesa; e, notando que a cinza ameaçava a mesa, sem hesitar empurrou um cinzeiro para Piotr Ivánovitch, acrescentando: — Acho fingimento afirmar que a dor me impede de me ocupar das coisas práticas. Pelo contrário, se algo pode, não digo consolarme, mas distrair-me, são justamente as preocupações com elas.

E pegou novamente o lenço, como que se dispondo a chorar, mas, de repente, aparentando dominar-se, sacudiu-se e começou a falar calmamente.

— Entretanto, tenho um assunto para falar contigo.

Piotr Ivánovitch inclinou-se para a frente, sem dar liberdade às molas do pufe que, *in continenti*, começaram a mover-se debaixo dele.

— Nos últimos dias, ele sofreu terrivelmente.

— Ele sofreu muito? — perguntou Piotr Ivánovitch.

— Oh, horrivelmente! Não só nos últimos minutos, mas nas últimas horas, ele gritou sem parar. Três dias e três noites a fio ele gritou sem interrupção. Foi insuportável. Não sei como eu pude aguentar isso: ouviam-se os seus gritos através de três portas. Ah! O que eu suportei!

— E não me diga que ele estava consciente? — perguntou Piotr Ivánovitch.

— Sim — sussurrou ela — até o último instante. Ele se despediu de nós um quarto de hora antes da morte, e ainda pediu para levarem embora o Volódia.

A ideia do sofrimento de um homem que ele conhecera tão intimamente, primeiro como um alegre garoto, na escola, mais tarde como parceiro adulto, subitamente horrorizou Piotr Ivánovitch, apesar da desagradável consciência do fingimento, tanto seu como dessa mulher. Ele reviu aquela testa, o nariz pressionando o lábio, e sentiu medo por si mesmo.

"Três dias e três noites de sofrimentos terríveis, e a morte. Mas isso pode acontecer agora, a qualquer momento, também comigo", pensou ele, e por um momento ficou apavorado. Mas imediatamente, nem ele sabia como, veio-lhe em socorro o pensamento costumeiro de que isso havia acontecido com Iván Ilitch e não com ele, e que, com ele, isso não podia nem devia acontecer; que pensando assim ele se entregava a um estado de espírito deprimente, o que não se deve permitir, como ficara evidente pela expressão do rosto de Schwarz. E, tendo feito essa reflexão, Piotr Ivánovitch tranquilizou-se e pôs-se a fazer perguntas interessadas sobre detalhes do passamento de Iván Ilitch, como se a morte fosse um acontecimento peculiar tão somente a Iván Ilitch, de modo algum peculiar a si próprio.

Após muita conversa sobre as minúcias dos padecimentos físicos realmente horríveis suportados por Iván Ilitch (minúcias que Piotr Ivánovitch só ficou sabendo pelos efeitos que esses tormentos exerceram sobre os nervos de Prascóvia Fiódorovna), a mulher, obviamente, sentiu por bem passar ao que importava.

— Ah, Piotr Ivánovitch, como é difícil, como é penoso, como é horrivelmente penoso — disse, desatando a chorar de novo.

Piotr Ivánovitch suspirava e esperava que ela se assoasse. Quando ela se assoou, ele disse:

— Creia-me... — e novamente ela desandou a falar e acabou dizendo o que era, evidentemente, o seu assunto principal com ele: esse assunto resumia-se ao problema de como, ao ensejo da morte do marido, conseguir dinheiro do Tesouro.

Ela fingiu que pedia conselhos sobre a pensão; mas Piotr Ivánovitch viu que ela sabia, nos mais íntimos pormenores, até aquilo que ele próprio desconhecia: tudo o que era possível extrair do Tesouro ao ensejo dessa morte; mas o que ela queria descobrir era se não havia maneira de arrancar mais dinheiro ainda. Piotr Ivánovitch tentou inventar um meio desses, mas, após pensar um pouco e, por questão de decoro, censurar um pouco o Governo por sua avareza, declarou que, ao que parecia, conseguir mais era impossível. Ela então suspirou e, aparentemente, começou a pensar num meio de livrar-se do visitante. Ele compreendeu, apagou o cigarro, levantou-se, apertou-lhe a mão e dirigiu-se para o vestíbulo.

Na sala de jantar, aquela com o relógio que Iván Ilitch ficara tão contente de comprar num antiquário, Piotr Ivánovitch encontrou o sacerdote e mais alguns conhecidos que haviam chegado para as exéquias, e viu também uma linda senhorita conhecida sua, a filha de Iván Ilitch.

Ela estava toda de preto, e sua cintura muito fina parecia mais fina ainda. Seu aspecto era sombrio, decidido, quase zangado. Cumprimentou Piotr Ivánovitch como se ele fosse culpado de alguma coisa. Atrás dela se encontrava, com um ar igualmente ofendido, um rapaz rico, também conhecido de Piotr Ivánovitch — jovem assessor judiciário e, segundo ouvira falar, o noivo que desejavam para ela. Cumprimentou-os e fez menção de passar para o quarto do morto, quando, sob a escada, surgiu a figurinha do filho ginasiano de Iván Ilitch, extraordinariamente parecido com ele. Era o pequeno Iván Ilitch tal como Piotr Ivánovitch se lembrava dele nas aulas de jurisprudência. Seus olhos inchados de chorar pareciam os de certos meninos impuros entre 13 e 14 anos. O menino, ao ver Piotr Ivánovitch, fez um trejeito taciturno e encabulado. Piotr Ivánovitch acenou-lhe com a cabeça e entrou no quarto do defunto.

O serviço fúnebre teve início — velas, gemidos, incenso, lágrimas, soluços. Piotr Ivánovitch permanecia parado, de cenho franzido, fitando os próprios pés. Não lançou um só olhar para o morto, não cedeu, até o fim, às influências deprimentes, e foi um dos primeiros a se retirar.

No vestíbulo, não havia ninguém. Guerássim, o mujique-copeiro, precipitou-se para fora do quarto mortuário e espalhou com suas mãos fortes todas as peliças até encontrar a de Piotr Ivánovitch e entregá-la ao dono.

— Como é, Guerássim — disse Piotr Ivánovitch, para dizer qualquer coisa. — Que pena, hein?

— É a vontade de Deus. Para lá iremos todos — disse Guerássim, mostrando os alvos dentes de mujique. E, como um homem muito atarefado, escancarou rápido a porta, chamou o cocheiro, ajudou Piotr Ivánovitch a subir no coche e pulou de volta para o degrau da soleira, como quem só pensa no que fará em seguida.

Para Piotr Ivánovitch foi especialmente agradável inspirar o ar puro depois dos odores de incenso, cadáver e fenol.

— Para onde manda? — perguntou o cocheiro.

— Ainda não é tarde. Dá tempo de ir à casa de Fiódor Vassílievitch.

E para lá se foi Piotr Ivánovitch. E, com efeito, encontrou-os no final da primeira rodada, de modo que lhe foi possível entrar como quinta mão.

II

A história da vida pregressa de Iván Ilitch era a mais simples e comum, e a mais terrível.

Iván Ilitch morreu aos 45 anos, membro do Tribunal de Justiça. Era filho de um funcionário que, em Petersburgo, passando por diversos ministérios e departamentos, fizera aquela carreira que leva as pessoas a uma situação na qual elas, embora revelando claramente incompetência para qualquer função substancial, não podem ser demitidas em virtude do seu prolongado tempo de serviço e lista de títulos, e por isso recebem postos inventados e fictícios, percebendo vencimentos em rublos não fictícios, entre seis e dez mil, com os quais continuam vivendo até a mais profunda velhice.

Um desses era o conselheiro secreto, Iliá Iefímovitch Golóvin, membro inútil de diversas instituições inúteis.

Ele tinha três filhos. Iván Ilitch era o segundo. O mais velho fizera uma carreira igual à do pai, só que em outro ministério, e já se aproximava daquela idade de servidor na qual se recebem os tais vencimentos por inércia. O terceiro filho era um azarado. Fracassara em diversos empregos e agora servia nas ferrovias: tanto o pai como os irmãos, e em especial suas mulheres, não só detestavam encontrar-se com ele como nem sequer se lembravam da sua existência, a não ser em casos de extrema necessidade.

Sua irmã era casada com o barão Greff, funcionário petersburguês como o sogro. Iván Ilitch era *le phenix de la famille* — o orgulho da família —, como se dizia. Não era tão frio e metódico como o mais velho nem tão impetuoso como o caçula. Era o termo médio entre os dois — um homem inteligente, vivaz, agradável e correto. Estudava Direito com o irmão menor, o qual não terminou o curso, tendo sido expulso no quinto ano. Já Iván Ilitch concluiu bem seus estudos. Ainda na faculdade, já era o que seria depois, no decorrer de toda a sua vida: um homem bem-dotado, alegre, gentil e sociável, mas severamente cumpridor daquilo que considerava seu dever; e reputava como dever tudo o que era assim considerado pelos superiores hierárquicos. Não fora subserviente nem quando menino nem mais tarde, depois de adulto, mas desde a mais tenra idade sentia-se atraído, como uma mosca pela luz, pelas pessoas nas posições mais elevadas no mundo: assumia suas maneiras, seus pontos de vista sobre a vida, e estabelecia com elas relações amigáveis. Todos os entusiasmos da infância e da juventude passaram por ele sem deixar grandes marcas; entregou-se tanto à sensualidade quanto à vaidade e, por fim — nas séries mais adiantadas —, ao liberalismo, mas tudo dentro de certos limites que sua sensibilidade lhe indicava com precisão.

Na Faculdade de Direito, cometera atos que na época lhe pareciam grandes imundícies e que lhe davam nojo de si mesmo ao praticá-los; mas, mais tarde, ao ver que tais atos eram cometidos também por pessoas altamente colocadas, sem serem malvistos por elas, não chegou a reconhecê-los como bons, mas os esqueceu totalmente, e não se perturbava nem um pouco com a sua lembrança.

Tendo concluído o décimo ano do curso de Direito, e recebido do pai dinheiro para o enxoval completo, Iván Ilitch encomendou o fardamento no Scharmer, pendurou na corrente um berloque com a inscrição *respice finem*, despediu-se dos mestres e professores, jantou com os colegas no Donon e, com uma mala nova e moderna, na qual colocou peças íntimas, ternos, aparelhos de barba e de toalete e uma manta escocesa, encomendados e comprados nos melhores magazines, partiu para a província, para o posto de funcionário de encargos especiais do governador, arranjado pelo pai.

Na província, Iván Ilitch atingiu uma situação tão fácil e agradável como a que tivera na Faculdade de Direito. Trabalhava, servia, construía a sua carreira, ao mesmo tempo em que se divertia agradável e decentemente; de raro em raro viajava, por ordens superiores, para os distritos, portando-se com dignidade tanto com os superiores quanto com os subalternos. E, com pontualidade e incorruptível honestidade, da qual não podia deixar de orgulhar-se, executava os encargos que lhe eram confiados, a maioria referente a causas de dissidentes religiosos.

Em assuntos de serviço, apesar da sua juventude e inclinação para divertimentos ligeiros, apresentava-se extremamente contido, formal e até severo; mas, nas relações sociais, era frequentemente jovial, espirituoso, sempre benévolo e correto; um *bon enfant*, como a ele se referiam seu chefe e sua mulher, de cuja casa era visitante habitual.

Teve, na província, uma ligação com uma das senhoras que se engraçaram com o janota-bacharel; houve também uma modista. E, às vezes, ocorriam bebedeiras com os subtenentes em trânsito e incursões a uma rua afastada após a

ceia; aconteciam também adulações ao chefe — e até mesmo à esposa do chefe, mas tudo isso ostentava tão elevado tom de distinção, que não se lhe poderiam aplicar palavras desairosas: isso tudo só cabia sob a rubrica da máxima francesa: *il faut que jeunesse se passe*. Tudo acontecia de mãos limpas, camisas limpas, com palavras francesas e, principalmente, na mais alta sociedade: portanto, com a aprovação das pessoas mais altamente colocadas.

Assim Iván Ilitch serviu por cinco anos, e chegou a hora de mudar de emprego. Com o surgimento de novas instituições judiciárias, eram necessários homens novos. E Iván Ilitch tornou-se um desses homens novos.

Foi-lhe oferecido um posto de juiz de instrução, e Iván Ilitch aceitou, apesar de esse cargo ficar em outra província e ser necessário abandonar as relações já estabelecidas e entabular novas relações. Iván Ilitch foi levado ao bota-fora pelos amigos, que, formando um grupo, ofertaram-lhe uma cigarreira de prata, e ele partiu para o seu novo posto.

Como juiz de instrução, Iván Ilitch foi tão *comme il faut'oso* — decente, capaz de separar seus deveres oficiais da sua vida privada e de inspirar respeito geral — como quando exerceu o posto de funcionário de assuntos especiais. Quanto ao cargo de juiz de instrução, este lhe oferecia interesses e atrativos bem maiores que o anterior. No posto antigo, era-lhe agradável passar, num andar displicente, com seu uniforme de Scharmer, diante dos trêmulos solicitantes e dos funcionários invejosos, diretamente para o gabinete do chefe, e se sentar com ele para o chá e um cigarro. Mas pessoas que dependiam diretamente do seu arbítrio eram poucas, somente policiais e *raskólniks*, os dissidentes religiosos, quando era enviado em missões. E ele gostava de tratar com respeito e quase com camaradagem essas pessoas que dependiam dele; gostava de fazê-las sentir que eis que ele, que poderia esmagá-las, tratava-as amigavelmente, com simplicidade. Homens assim havia poucos naquele tempo.

Mas agora, como juiz de instrução, Iván Ilitch sentia que, sem exceção, todas essas pessoas importantes, autossuficientes, estavam em suas mãos; e que bastaria apenas escrever certas cartas num papel de cabeçalho oficial para que uma pessoa importante, autossuficiente, fosse trazida à sua presença na qualidade de acusado ou de testemunha; e essa pessoa, caso ele não quisesse mandá-la sentar-se, ficaria de pé diante dele, respondendo às suas perguntas.

Iván Ilitch jamais abusava desse poder, pelo contrário, procurava atenuar sua expressão; mas a consciência desse poder e da possibilidade de atenuá-lo constituía para ele o interesse e o atrativo principais do seu novo cargo. Já no serviço propriamente dito, justamente na parte da instrução, Iván Ilitch logo adquiriu o hábito de afastar de si todas as circunstâncias alheias ao serviço, e circunscrever o mais complicado dos casos de tal forma que ele só externamente se refletia no papel, excluindo totalmente o seu ponto de vista pessoal e, sobretudo, observando todas as formalidades exigidas. Isso era coisa inteiramente nova. E ele foi um dos primeiros a colocar na prática o apêndice dos Códigos de 1864[2].

Ocupando, na nova cidade, o lugar de juiz de instrução, Iván Ilitch fez novas relações e contatos, e colocou-se de ma-

---

2 N.T.: os procedimentos judiciários sofreram completa reforma, na Rússia, após a emancipação dos servos da gleba.

neira nova, assumindo um tom um tanto diferente: posicionou-se a uma distância dignificante das autoridades governamentais, mas elegeu o melhor dos círculos entre os magistrados e os nobres ricos que viviam na cidade, e assumiu um tom de ligeira insatisfação com o governo — liberalismo comedido e civilizado civismo. Ao mesmo tempo, sem modificar em nada sua elegância no trajar, Iván Ilitch, nesse novo cargo, deixou de escanhoar o queixo e deu liberdade à barba para que crescesse à vontade.

Também na nova cidade, a vida de Iván Ilitch organizou-se muito agradavelmente: a oposição ao governador formava uma sociedade unida e boa; seus vencimentos eram mais elevados, e, na época, não poucas amenidades acrescentou à sua vida, como o *whist*, que ele começou a jogar com sua habilidade jovial, raciocinando com rapidez e grande finura, de modo que sempre acabava ganhando.

Após dois anos de serviço na nova cidade, Iván Ilitch conheceu sua futura consorte, Prascóvia Fiódorovna Mikhel, que era a senhorita mais atraente, espirituosa e brilhante do pequeno círculo social em que ele gravitava. E, entre seus divertimentos e distrações das tarefas judiciárias, Iván Ilitch criou uma relação leve e jovial com Prascóvia Fiódorovna.

Enquanto funcionário em missões especiais, Iván Ilitch, de modo geral, dançava bastante, mas, como juiz de instrução, só em momentos excepcionais. Dançava agora dando a entender que, embora estivesse em novos departamentos e instituições, em se tratando de dançar podia provar que nesta área era melhor do que os outros. Assim, de raro em raro, no final de uma reunião social, dançava com Prascóvia Fiódorovna. Ela se apaixonou por ele. Embora não tivesse a intenção clara e definitiva de se casar, quando a moça se enamorou dele, Iván Ilitch colocou para si a pergunta: "Realmente, por que não me casar?".

A donzela Prascóvia Fiódorovna pertencia a uma boa família da nobreza, não era feia e possuía uma pequena fortuna. Iván Ilitch poderia pretender um partido mais brilhante, mas esse também era um bom partido. Ele tinha os seus vencimentos e esperava que ela tivesse outro tanto. De bom parentesco, era uma moça agradável, bonitinha e absolutamente correta. Afirmar que Iván Ilitch se casou porque se enamorou e encontrou na noiva uma harmonia com seus próprios pontos de vista seria tão injusto como dizer que ele se casou porque as pessoas da sociedade aprovavam esse partido. Iván Ilitch se casou por dois motivos: fazia o que lhe era aprazível, adquirindo tal esposa, e, ao mesmo tempo, fazia aquilo que as pessoas mais bem colocadas consideravam certo.

E Iván Ilitch casou-se.

O próprio processo do casamento e os primeiros tempos da vida matrimonial, com os carinhos conjugais, mobília nova, louça nova, roupa de cama e mesa novas, transcorreram muito bem até a gravidez da mulher, a ponto de Iván Ilitch começar a pensar que o casamento, além de não perturbar aquele tipo de vida tranquilo, agradável, alegre, sempre decente e aprovado pela sociedade, considerado por ele como próprio da vida em geral, ainda o acentuava. Mas eis que, desde os primeiros meses da gravidez da mulher, surgiu algo novo, surpreendente, desagradável, penoso e indecoroso, totalmente inesperado e do qual não havia como escapar.

A mulher, sem qualquer motivo, ao que parecia a Iván Ilitch, só de *gaité de coeur*, como ele dizia consigo mesmo, começou a perturbar o fluir aprazível e decoroso da sua vida: tinha ciúmes sem razão alguma, exigia atenções ininterruptas, implicava com tudo e fazia-lhe cenas desagradáveis e grosseiras.

No começo Iván Ilitch esperava livrar-se do incômodo dessa situação, ostentando aquela atitude leve e decorosa diante da vida que sempre o salvara antes — procurava ignorar a má disposição da mulher e continuava a viver como antes, com agradável leveza; convidava amigos para uma partida de baralho em sua casa, ou tentava ir sozinho ao clube ou visitar os companheiros. Mas, certo dia, a mulher começou a insultá-lo com palavras grosseiras, e com tamanha energia — e continuou a insultá-lo toda vez que ele não cumpria as suas exigências, aparentemente com a firme determinação de não parar até que ele se submetesse, ou seja, permanecesse em casa e se aborrecesse tanto quanto ela —, que Iván Ilitch ficou horrorizado. Ele compreendeu que a vida conjugal — pelo menos com a sua mulher — nem sempre corresponde às amenidades da vida, mas, pelo contrário, muitas vezes a perturba, e que por isso é indispensável defender-se dessas perturbações. E Iván Ilitch começou a procurar os meios para isso. O serviço público era a única coisa que Prascóvia Fiódorovna respeitava, e foi através do seu serviço, e das obrigações dele decorrentes, que Iván Ilitch começou a lutar contra a mulher, preservando a independência do seu próprio mundo.

Com o nascimento da criança, as tentativas de amamentação e os sucessivos fracassos, as doenças reais e imaginárias do bebê e da mãe, nas quais era exigida a participação de Iván Ilitch, mas das quais ele não conseguia entender nada, a necessidade de Iván Ilitch de criar para si mesmo um mundo fora da família tornou-se ainda mais premente.

À medida que a esposa ficava mais irritadiça e exigente, também Iván Ilitch começou a transferir cada vez mais o fulcro de sua existência para o serviço público. Começou a amar mais o seu trabalho e se tornou mais ambicioso do que antes.

Pouco depois, não mais do que um ano após o casamento, Iván Ilitch compreendeu que a vida familiar, embora apresentasse algumas comodidades, constituía, na realidade, uma coisa muito complexa e penosa, perante a qual, para cumprir seu dever, isto é, levar uma vida digna e aprovada pela sociedade, era preciso desenvolver certas relações, do mesmo modo como perante o próprio serviço público. E foram essas relações com a vida familiar que Iván Ilitch elaborou para si mesmo. Ele exigia da vida conjugal apenas o conforto que ela podia oferecer das refeições caseiras, de dona de casa e de cama, e, principalmente, aquele decoro na aparência, determinado pela opinião pública. No restante, ele procurava apenas um ambiente agradável e bem-humorado, e, se o encontrava, ficava muito grato; se, porém, se deparava com oposição e resmungos, retirava-se *in continenti* para o mundo privado e isolado do seu trabalho, e nele encontrava satisfação.

Iván Ilitch era apreciado como um bom funcionário, e, três anos depois, foi nomeado assistente do procurador. As novas obrigações, sua importância, a possibilidade de levar a juízo e de colocar qualquer um na prisão, os discursos públicos e o sucesso que Iván Ilitch auferia em todas essas coisas, tudo isso o atraía cada vez mais para o seu trabalho.

Vieram mais filhos. A esposa ficava cada vez mais rabugenta e irritadiça, mas as relações que Iván Ilitch desenvolvera para a sua vida familiar tornavam-no quase impermeável ao mau humor da mulher.

Após servir sete anos na mesma cidade, Iván Ilitch foi transferido para o posto de procurador em outra província. Como o dinheiro era pouco, a família se mudou, e a esposa não gostou do novo lugar para onde se transferiram. Embora os vencimentos fossem mais elevados que os anteriores, a vida era mais cara e, além disso, morreram duas das crianças, o que tornou a vida familiar ainda mais desagradável para Iván Ilitch. Prascóvia Fiódorovna culpava o marido por todos os contratempos que sucediam nesse novo lugar. A maior parte dos assuntos de conversas entre marido e mulher, em especial a educação dos filhos, suscitava questões que lembravam desavenças, e, assim, novas desavenças estavam sempre prestes a irromper. Restavam apenas aqueles raros períodos de despertar amoroso que acometiam os esposos, mas que duravam pouco. Eram como ilhotas nas quais aportavam por algum tempo, mas de onde logo retornavam para o mar da hostilidade oculta que se expressava no alheamento mútuo. Alheamento esse que poderia afligir Iván Ilitch se ele achasse que não deveria ser assim, mas agora ele considerava essa situação não só normal como até mesmo o objetivo de seu relacionamento familiar. Sua meta consistia em libertar-se mais e mais dessas turbulências e emprestar-lhes um caráter inofensivo e decoroso. E ele atingia essa meta, ao passar cada vez menos tempo com a família, e, quando se via forçado a fazê-lo, procurava garantir sua posição pela presença de pessoas estranhas.

O mais importante, porém, era o fato de Iván Ilitch ter seu próprio emprego. No mundo do serviço público concentrou todo o interesse da sua vida. E esse interesse o absorvia. A consciência do seu poder, a possibilidade de arruinar qualquer pessoa, se assim o quisesse, a solenidade, até externa, com a qual era recebido ao entrar no tribunal e nos encontros com os subordinados, seu sucesso perante os superiores e subalternos e, principalmente, seu conhecimento das causas que conduzia, do qual tinha plena consciência — tudo isso lhe dava prazer e, ao lado das conversas, almoços e *whist* com os colegas, preenchia-lhe a vida. De modo que, no geral, a vida de Iván Ilitch continuava a fluir como ele considerava que ela devesse fluir: agradável e decorosa.

Assim ele viveu mais de sete anos. A filha caçula completou 16 anos e mais um filho morreu, restando o menino ginasiano, objeto de desavenças. Iván Ilitch queria matriculá-lo na Escola de Direito, mas Prascóvia Fiódorovna, por desaforo, colocou-o no ginásio. A filha estudava em casa e ia se desenvolvendo bem, o menino também não era mau aluno.

III

Assim correu a vida de Iván Ilitch durante dezesse-te anos desde o casamento. Já era um velho procurador, que recusara diversas transferências aguardando um posto mais desejável, quando, inesperadamente, surgiu uma circunstância desagradável que quase abalou a tranquilidade de sua vida. Iván Ilitch esperava por um cargo de presidente numa cidade universitária, mas Hoppe, não se sabe como, passou-lhe à frente e conseguiu esse posto. Iván Ilitch irritou-se, pôs-se a censurá-lo e acabou por desavir-se com ele e com a chefia mais imediata. As relações esfriaram e, na promoção seguinte, ele foi novamente ignorado.

Isto aconteceu no ano de 1880, o mais penoso da vida de Iván Ilitch. Nesse ano ele constatou, por um lado, que seus vencimentos não davam para as suas despesas; e, por outro, que todos o esqueceram, e que aquilo que lhe parecia, em relação a si mesmo, a mais cruel das injustiças, aos outros se apresentava como coisa muito natural. Até seu próprio pai não se achou na obrigação de ajudá-lo. Ele sentiu que todos o abandonaram ao considerar sua situação, com três mil e quinhentos rublos de ordenado, muito normal e até feliz. Só ele sabia que, pela consciência das injustiças que sofrera e pela incessante rabu-

41

jice da mulher, mais as dívidas que começara a contrair vivendo acima dos seus recursos, a sua situação estava longe de ser normal.

No verão desse ano, para aliviar as despesas, ele tirou uma licença e foi passá-la com a mulher na aldeia, em casa do irmão de Prascóvia Fiódorovna. Na aldeia, sem o seu trabalho, Iván Ilitch sentiu, pela primeira vez, não somente tédio, mas uma angústia insuportável, e decidiu que viver assim era impossível e que era absolutamente necessário tomar algumas medidas decisivas.

Após uma noite insone, a qual Iván Ilitch passou inteira andando de um lado para o outro no terraço, ele resolveu viajar para Petersburgo e fazer gestões a fim de passar para outro ministério, com o objetivo de se vingar daqueles que não souberam lhe dar o devido valor.

No dia seguinte, apesar de todos os argumentos da mulher e do cunhado, ele partiu de trem para Petersburgo.

Viajava com um só fim: conseguir um posto de cinco mil rublos de ordenado. Ele já não se atinha a nenhum ministério, diretório ou tipo de atividade. Só procurava um cargo, um lugar para ganhar cinco mil rublos, fosse na administração, nos bancos, nas ferrovias, nas instituições de caridade da imperatriz Maria, até mesmo nas alfândegas; desde que ganhasse, sem falta, os cinco mil rublos e saísse daquele ministério onde não souberam apreciá-lo.

E eis que essa viagem de Iván Ilitch foi coroada de um sucesso espantoso e inesperado. Na estação de Kursk, veio sentar-se ao seu lado, na primeira classe, F. S. Ilhin, um conhecido, que lhe comunicou o telegrama que o governador acabara de receber, informando que por esses dias haveria uma reviravolta no ministério: para o lugar de Piotr Ivánovitch seria nomeado Iván Semiónovitch.

A reviravolta esperada, além do seu significado para a Rússia, tinha um significado especial para Iván Ilitch, na medida em que a promoção de um homem novo, Piotr Petróvitch e, aparentemente, também do seu amigo Zakhar Ivánovitch, era-lhe totalmente favorável — Zakhar Ivánovitch era companheiro e amigo de Iván Ilitch.

Em Moscou a notícia confirmou-se. E, chegando a Petersburgo, Iván Ilitch procurou Zakhar Ivánovitch e conseguiu a promessa de um cargo certo no seu antigo Ministério da Justiça.

Uma semana depois ele telegrafava para a mulher: "Zakhar no cargo de Miller, primeiro relatório serei nomeado".

Iván Ilitch, graças a essa troca de pessoas, ganhou inesperadamente, no seu antigo ministério, a nomeação para um cargo dois níveis acima do dos seus companheiros: cinco mil de vencimentos e mais três mil de ajuda de custos. Todo o ressentimento em relação aos seus antigos desafetos e a todo o ministério desvaneceu-se, e Iván Ilitch estava totalmente feliz.

Iván Ilitch voltou para a aldeia, alegre e animado como há muito não se sentia. Prascóvia Fiódorovna também ficou contente, e entre eles se estabeleceu uma trégua. Iván Ilitch contara como fora homenageado em Petersburgo, como todos os seus inimigos tinham sido humilhados, e como agora se desfaziam em lisonjas diante dele, como o invejavam pelo posto, e, em especial, como era amado em Petersburgo.

Prascóvia Fiódorovna escutava, fingia que acreditava em tudo, não o contradizia em nada, apenas fazia planos para o novo estilo de vida deles naquela cidade para a qual se mudariam. E Iván Ilitch reconhecia com prazer serem esses planos também os seus próprios planos, que eles combinavam e que novamente a sua vida emperrada reassumia o verdadeiro e peculiar caráter de alegre e agradável correção e decoro.

Iván Ilitch veio por pouco tempo. Em 10 de setembro, ele devia assumir o cargo e, além disso, precisava de tempo para se instalar no novo domicílio, trazer tudo da província, comprar e encomendar ainda muita coisa. Em suma, para instalar-se da maneira como decidira na sua mente, que era, quase exatamente, como estava resolvido também na mente de Prascóvia Fiódorovna.

E agora que tudo se resolvera tão bem, e que ele e a mulher concordavam quanto às metas e, além disso, pouco viviam juntos, eles se entendiam tão amigavelmente como não acontecia desde os primeiros anos da vida de casados. Iván Ilitch tencionava levar logo a família consigo, mas a insistência da irmã e do cunhado, que, de repente, ficaram especialmente gentis e cordiais com ele e os seus, fez com que viajasse sozinho.

Iván Ilitch partiu, e o estado de espírito aprazível, causado pelo sucesso e pelo bom entendimento com a mulher — uma coisa reforçando a outra —, acompanhou-o durante toda a viagem. Encontrou uma residência encantadora, exatamente como ele e a mulher haviam sonhado. Salas de visitas amplas e altas, em estilo antigo, um gabinete espaçoso e confortável, quartos para a mulher e para a filha, sala de estudos para o filho — como se tudo tivesse sido planejado de propósito para eles. Iván Ilitch empreendeu pessoalmente toda a arrumação: escolheu o papel de parede, comprou mais mobília, em geral da mais antiga, à qual atribuía um estilo particular-

mente *comme il faut* — os móveis, os estofados, e tudo crescia, ampliava-se, e aproximava-se do ideal que ele se propusera. Quando já se encontrava meio instalado, o resultado ultrapassou as suas expectativas. Iván Ilitch percebeu o caráter *comme il faut*, elegante e distinto, que tudo teria depois de pronto. Antes de adormecer, ficava imaginando o salão, como ele viria a ser; olhando para a sala de visitas ainda incompleta, já via a lareira, a estufa, a estante, as cadeirinhas espalhadas, as travessas e os pratos nas paredes, e os bronzes, quando estivessem todos em seus lugares. Alegrava-o pensar como impressionaria Pacha e Lisanka, a mulher e a filha, que também tinham bom gosto para essas coisas. Elas não esperavam por isso de modo algum.

Iván Ilitch tivera uma sorte especial ao encontrar, e comprar barato, objetos antigos que emprestavam a tudo um ar de especial nobreza. Em suas cartas, descrevia, de propósito, tudo pior do que era, só para surpreendê-las. Tudo isso o entretinha tanto que até seu novo cargo, de que gostava muito, ocupava-o menos do que ele próprio esperava. Durante as sessões, tinha momentos de total alheamento: pensava nas cortinas, se cairiam retas ou franzidas das galerias. Estava tão envolvido nisso que, muitas vezes, ele mesmo fazia mudanças: empurrava os móveis e trocava os cortinados. Certa vez, ao subir na escadinha para mostrar ao tapeceiro obtuso como queria o drapeado, falseou o pé e caiu; mas, como homem ágil e forte, segurou-se e apenas bateu de lado na maçaneta da esquadria. A contusão doeu, mas a dor passou logo. Iván Ilitch sentia-se durante esse tempo todo sadio e alegre. Escreveu: sinto que rejuvenesci uns quinze anos. Esperava terminar tudo em setembro, mas as coisas arrastaram-se até meados de outubro. Em

A MORTE DE IVÁN ILITCH 47

compensação, ficou uma beleza — e não só ele achava isso, todos aqueles que viram também diziam o mesmo.

Na realidade, isso é o que acontece com todas as pessoas que não são muito ricas, mas que querem se parecer com os ricos e, por isso, só ficam parecidas umas com as outras: tapeçarias, madeira negra, tapetes e bronzes, o escuro e o brilhante — tudo aquilo que todas as pessoas de certo tipo fazem para ficarem parecidas com todas as pessoas de certo tipo. E aqui, com ele, era tudo tão parecido que não dava sequer para chamar a atenção, mas para ele tudo isso parecia algo muito especial.

Iván Ilitch foi receber os seus na estação da estrada de ferro e trouxe-os para a moradia nova, toda iluminada, onde um criado de gravata branca abriu-lhes a porta para o vestíbulo enfeitado de flores, e, depois, todos entraram na sala de visitas e no gabinete, com interjeições de entusiasmo — e ele se sentiu feliz conduzindo-os por toda a parte e saboreando os seus elogios, radiante de prazer. Na mesma noite, quando à mesa de chá Prascóvia Fiódorovna perguntou-lhe casualmente como ele caíra, ele riu e fez uma imitação de como despencara da escadinha e assustara o tapeceiro.

— Não sou ginasta à toa. Outro teria se arrebentado, mas eu apenas me machuquei de leve, aqui do lado; mexendo, dói um pouco, mas já está passando. Uma simples equimose.

E eles começaram a viver no espaço novo, no qual, como sempre, depois de bem morado, descobriram que faltava mais um aposento; e, com os novos recursos, para os quais, como sempre, faltava só um pouquinho — uns quinhentos rublos —, estava tudo bem. Especialmente bom foi o primeiro tempo, quando nem tudo ainda estava em ordem e ainda era preciso acabar de arrumar. Ora comprar, ora encomendar, ora mudar de lugar, ora ajeitar. Embora houvesse alguns atritos entre marido e mulher, ambos estavam tão contentes e havia tanto a fazer que tudo terminava sem maiores desavenças. Quando já não havia mais nada para arrumar, eles começaram a sentir um pouco de tédio, a sentir falta de alguma coisa, mas logo estabeleceram novas relações sociais, novos hábitos, e a vida foi se preenchendo.

Iván Ilitch, depois de passar a manhã no tribunal, voltava à casa para almoçar; e, nos primeiros tempos, o seu estado de espírito era bom, embora sofresse um pouco, justamente por causa da residência — qualquer mancha na toalha de mesa, no estofamento, um cordão de cortina arrancado o irritavam, pois envidara tanto esforço na arrumação que qualquer irregularidade lhe doía. Mas, de modo geral, a vida de Iván Ilitch ia correndo de acordo com a ideia que tinha de como devia decorrer uma vida: leve, agradável e correta.

Iván Ilitch levantava-se às nove, tomava café, lia o jornal, depois envergava o uniforme e partia para o tribunal. Lá já o aguardava o jugo sob o qual ele trabalhava e sob o qual caía imediatamente: solicitantes, informações na chancelaria, a própria chancelaria, e as sessões públicas e administrativas. Em tudo isso era preciso saber excluir aquilo que era real e vital, que sempre perturba a regularidade do curso dos assuntos do serviço: era preciso não permitir quaisquer relações com as pessoas, exceto as relativas ao serviço, e a causa das relações só podia ser o serviço, e as próprias relações só podiam ser de serviço.

Por exemplo: chega uma pessoa à procura de alguma informação. Iván Ilitch, fora das suas atribuições oficiais, não pode ter relação alguma com essa pessoa. Mas, se existe uma relação dessa pessoa com ele enquanto membro do tribunal, tal como pode ser expressa numa folha de papel timbrado, nos limites dessa relação Iván Ilitch faz tudo, absolutamente tudo o que pode ser feito, e nisso mantém uma semelhança de relações humanas amigáveis, isto é, de cortesia. Porém, assim que termina a relação de serviço, acaba qualquer outra.

Essa habilidade de separar o lado oficial, sem misturá-lo com sua vida real, Iván Ilitch possuía no mais alto grau; e, na sua longa prática, ele a elaborou, com o seu talento, ao ponto de, como um virtuose, até permitir-se às vezes, como que por brincadeira, mesclar relações humanas com relações de serviço. Ele se permitia isso porque sentia em si mesmo, sempre que achava necessário, força para separar novamente o serviço e descartar o lado humano. Isso se processava com Iván Ilitch não só com leveza, agradável e decorosamente, mas até com virtuosismo. Nos intervalos, ele tomava chá, fumava, conversava um pouco sobre política, um pouco sobre assuntos gerais, um pouco sobre jogos de baralho, e, mais que tudo, sobre nomeações. E, cansado, mas com a sensação do virtuose que executou com perfeição a sua partitura, um dos primeiros violonistas da orquestra, Iván Ilitch voltava para casa.

Em casa, a filha e a mãe estavam de saída para alguma parte, ou recebiam visitas; o filho estava no ginásio ou preparava tarefas com o preceptor e aprendia diligentemente o que lhe era ensinado no ginásio. Tudo ia muito bem.

Depois do almoço, se não havia visitas, Iván Ilitch lia às vezes um livro do qual se estava falando muito e, ao entardecer, debruçava-se sobre o trabalho, isto é, lia documentos, examinava processos, confrontava depoimentos e aplicava as leis.

Isso para ele não era nem enfadonho nem divertido. Era aborrecido se, em vez disso, pudesse jogar *whist*, mas, à falta de um jogo, trabalhar era melhor do que ficar sozinho ou a sós com a mulher. Mas os prazeres de Iván Ilitch eram os pequenos jantares, para os quais convidava senhoras e cavalheiros de posição social importante, para com eles passar o tempo de forma semelhante ao de pessoas dessa espécie, tal como a sua sala de visitas se assemelhava a todas as salas de visitas.

Uma vez deram até uma festa: uma recepção dançante. E Iván Ilitch estava alegre, pois tudo corria bem, só que teve uma grande altercação com a mulher, por causa das tortas e bombons. Prascóvia Fiódorovna fizera seu próprio plano, mas Iván Ilitch, que insistira em encomendar tudo numa confeitaria cara, comprara muitas tortas, e o motivo da briga foi porque sobraram tortas e a conta atingiu quarenta e cinco rublos. A discussão foi violenta e desagradável, a ponto de Prascóvia Fiódorovna chamá-lo de estúpido e ranheta, e ele, com as mãos na cabeça, enraivecido, chegar a mencionar o divórcio. Mas a noitada em si foi alegre, com a presença da melhor sociedade: Iván Ilitch chegou a dançar com a princesa Trufónova, irmã daquela que era conhecida por ter fundado a associação "Afasta de mim os meus penares".

As alegrias do serviço eram as alegrias do amor-próprio, e as alegrias sociais eram as alegrias da vaidade; mas os verdadeiros prazeres de Iván Ilitch eram os prazeres do jogo de *whist*. Ele confessava que, depois de tudo, depois de quaisquer acontecimentos tristes na sua vida, a alegria que, qual vela acesa, ardia brilhante na frente de todas as outras era sentar-se com bons jogadores e parceiros discretos para um jogo de *whist* — e sempre numa mesa de quatro (com cinco, fica demasiado doloroso sair, apesar de fingir gostar muito) —, conduzir um jogo inteligente e sério, quando as cartas favorecem, e depois ceiar e beber um copo de vinho. E, após o *whist*, em especial ao ter ganhado um pouco (ganhar muito é desagradável), Iván Ilitch ia deitar-se num estado de espírito particularmente aprazível.

Assim eles iam vivendo. O círculo de relações que se formara em volta deles era dos melhores: recebiam visitas de pessoas importantes, como também de gente jovem.

Quanto às opiniões sobre os conhecidos, marido, mulher e filha estavam de completo acordo, e, sem combinar, afastavam de si e livravam-se por igual de toda sorte de amigos e parentes mais pobres que acorriam esvoaçando solícitos e amáveis para a sua sala de visitas de paredes decoradas com pratos japoneses. Esses amigos "borralheiros" logo pararam de esvoaçar, e os Golóvin conservaram somente o melhor da sociedade. Os rapazes cortejavam Lisanka, e Pêtrichev, juiz de instrução, filho de Dimitri Ivánovitch Petróvitch e herdeiro único de sua fortuna, começou a cortejar Lisa com tanto empenho que Iván Ilitch chegou a conversar com Prascóvia Fiódorovna sobre se não valeria a pena levá-los a um passeio de troica, ou organizar um espetáculo de amadores.

Assim eles iam vivendo. E tudo ia assim, sem mudanças, e tudo estava muito bem.

IV

Todos estavam bem de saúde. Não se poderia chamar de doença o fato de Iván Ilitch às vezes sentir um gosto estranho na boca e certo incômodo do lado esquerdo do ventre.

Mas aconteceu que esse mal-estar começou a aumentar e a evoluir, ainda não para uma dor, mas para uma sensação de peso constante daquele lado e para um mau estado de ânimo. Esse mau humor, aumentando cada vez mais, começou a perturbar a recém-instalada amenidade da vida leve e decorosa da família Golóvin. Marido e mulher começaram a altercar com frequência cada vez maior, leveza e amenidade desapareceram logo, restando apenas, a duras penas, uma aparência de decoro. As cenas se sucediam, cada vez mais frequentes. Novamente sobraram apenas ilhotas, e mesmo estas eram bem poucas, nas quais marido e mulher podiam encontrar-se sem explosões.

E Prascóvia Fiódorovna, agora não sem razão, dizia que o marido tinha um caráter difícil. Com a sua inclinação peculiar para o exagero, ela dizia que, de fato, seu caráter sempre fora horrível e que só sua bondade tornara-a capaz de suportá-lo durante vinte anos. A verdade é que agora as brigas partiam dele: suas implicâncias começavam sempre ao jantar e, muitas vezes, quando começava a tomar a sopa. Ora ele observava que alguma louça tinha defeito, ora que a comida não estava a seu gosto, ora que um filho apoiou o cotovelo sobre a mesa, ora que o penteado da filha não estava bom. E culpava Prascóvia Fiódorovna por tudo. No início, Prascóvia Fiódorovna o contestava e lhe dizia coisas desagradáveis; mas umas duas vezes, no começo do jantar, ele ficou tão furioso que ela, entendendo tratar-se de um estado mórbido, provocado pela ingestão do alimento, conteve-se. Já não lhe respondia e cuidava de apressar a refeição. Essa sua humildade, Prascóvia Fiódorovna creditou como um grande mérito seu. Tendo decidido que o marido tinha um caráter terrível e que havia tornado sua vida infeliz, ela começou a ter pena de si mesma. E, quanto mais se compadecia de si, mais odiava o marido. Começou a desejar que ele morresse, mas achava que não poderia desejá-lo, porque, nesse caso, perderia os seus honorários. E isso a tornava cada vez mais irritada com ele. Julgava-se horrivelmente infeliz, justamente porque nem a morte do marido poderia salvá-la, e irritava-se, disfarçando isso, e essa irritação oculta reforçava a irritação do marido.

Depois de uma cena durante a qual Iván Ilitch foi especialmente injusto e, após a qual, ao se explicar, disse que estava de fato irritadiço, mas que isso era por causa da doença, ela lhe respondeu que, se estava doente, tinha de tratar-se, e exigiu que fosse consultar certo médico famoso.

Ele foi. Tudo se deu como ele esperava; tudo aconteceu como sempre: tanto a espera como os empolados modos doutorais, seus velhos conhecidos, aqueles mesmos que ele próprio assumia no tribunal, e a apalpação, e a ausculação, e as perguntas que exigiam respostas já conhecidas e obviamente desnecessárias, e o ar significativo que queria dizer "trate de submeter-se que nós cuidaremos do assunto, nós cá sabemos sem sombra de dúvida como resolver tudo, e resolvemos de uma única forma qualquer que seja a pessoa". Do mesmo modo como ele próprio posava e representava diante do réu no tribunal, o médico famoso posava e representava diante dele.

O doutor dizia: isto e aquilo indicam que dentro do senhor se passa isso e aquiloutro; mas, se isto não se confirmar pelas pesquisas disto e daquilo, então caberá presumir que o senhor tem isso e aquiloutro. Mas se presumirmos isso e aquiloutro, então... etc. etc. Para Iván Ilitch só uma questão tinha importância: se a sua situação era perigosa ou não. Mas o doutor ignorou essa pergunta inconveniente. Do ponto de vista do doutor, a pergunta era sem sentido e não merecia comentário. Existia apenas a ponderação das probabilidades: rim flutuante, catarro crônico ou inflamação do apêndice. Não se colocava a questão da vida de Iván Ilitch, apenas a dúvida entre o rim flutuante e o apêndice. E essa dúvida o doutor solucionou brilhantemente, diante dos olhos de Iván Ilitch, em favor do apêndice, e acrescentou que o exame de urina poderia fornecer provas adicionais e que então o caso seria reexaminado. Tudo isso era exatamente igual àquilo que o próprio Iván Ilitch já fizera mil vezes com os réus, e de maneira igualmente brilhante. Com o mesmo brilho, o doutor fez o resumo, com um olhar vitorioso e até alegre, por cima dos óculos, para o réu. Do resumo do doutor, Iván Ilitch tirou a conclusão de que estava mal e que, para o doutor, e quiçá para todos os outros, tanto fazia que ele, Iván Ilitch, estivesse mal. E essa conclusão chocou dolorosamente a Iván Ilitch, provocando nele um sentimento de grande autocomiseração e de grande raiva daquele médico indiferente diante de uma questão de tamanha importância.

Mas ele não disse nada, levantou-se, colocou o dinheiro sobre a mesa e, com um suspiro, falou:

— Nós doentes decerto muitas vezes lhe fazemos perguntas despropositadas — disse ele. — Mas, em geral, essa doença é perigosa ou não?...

O doutor lançou-lhe um olhar severo, com um dos olhos, através dos óculos, como quem diz: "Acusado, se não permanecer dentro dos limites das perguntas que lhe foram feitas, serei obrigado a dar ordens para que seja removido do recinto da audiência".

— Eu já lhe disse o que considerei necessário e pertinente — respondeu o doutor. — A análise mostrará o resto.

E o doutor despediu-se.

Iván Ilitch saiu vagarosamente, sentou-se desanimado no trenó e seguiu para casa. Durante o trajeto inteiro, ele não cessou de rememorar tudo o que o doutor lhe dissera, esforçando-se por traduzir todos aqueles intrincados e obscuros termos científicos para a linguagem comum e ler neles a resposta para sua pergunta: eu vou mal, será que estou mesmo muito mal, ou ainda vou mais ou menos? E parecia-lhe que o sentido de tudo o que o doutor dissera era que estava muito mal. Nas ruas, tudo lhe parecia triste: cocheiros tristes, casas tristes, transeuntes, lojas, tudo triste. E essa dor, essa dor surda e insistente, que não parava um só momento, parecia adquirir, com as falas ambíguas do médico, um significado mais grave. Agora Iván Ilitch atentava para ela com um sentimento novo e penoso.

Ao chegar em casa, Iván Ilitch começou a contar à mulher o que sucedera. Prascóvia Fiódorovna o escutava, mas no meio do relato entrou a filha, de chapéu: ia sair com a mãe. Lisanka fez um esforço para ouvir aquela conversa enfadonha, mas não aguentou por muito tempo, e a mãe também não o escutou até o fim.

— Pois bem, estou muito contente — disse a esposa. — Agora, tenha cuidado, tome o remédio regularmente. Dê-me a receita, vou mandar Guerássim à farmácia.

E ela foi se arrumar.

Iván Ilitch falara sem tomar alento enquanto Prascóvia Fiódorovna estava no quarto, e deu um suspiro profundo quando ela saiu.

— Ora — disse ele —, quem sabe, de fato, ainda não é nada...

E Iván Ilitch começou a tomar os remédios e a cumprir as prescrições do médico, recém-modificadas graças ao exame de urina. Mas aí aconteceu que nesse exame, e no exame seguinte, houve certa confusão. Não dava para chegar ao próprio doutor e resultava que, aparentemente, o que estava sendo feito não era o que o médico recomendara: ou o doutor esqueceu, ou mentiu, ou ocultava-lhe alguma coisa.

Mas, apesar disso, Iván Ilitch pôs-se a cumprir minuciosamente as ordens médicas e, nesse cumprimento, encontrou consolo para os primeiros tempos.

A principal ocupação de Iván Ilitch desde a visita ao médico tornou-se o cumprimento estrito das prescrições do doutor em relação à higiene e à ingestão dos medicamentos, bem como a observação atenta às suas dores e a todas as funções do organismo. O interesse principal de Iván Ilitch passou a ser a saúde e as doenças humanas. Quando falavam na sua frente de doentes, de falecidos, de recuperados e, em especial, de moléstia parecida com a sua, ele, procurando esconder a emoção, ficava atento, fazia perguntas e aplicava tudo à sua própria doença.

A dor não diminuía, mas Iván Ilitch esforçava-se por obrigar-se a pensar que estava melhor. E conseguia enganar a si mesmo, enquanto nada o perturbava. Mas, assim que acontecia um aborrecimento com a mulher, ou um contratempo no trabalho, ou uma carta ruim no *whist*, ele imediatamente sentia toda a força da sua doença. Antes, costumava suportar esses revezes, na esperança de já-já consertar o mal, vencê-lo, chegar ao bom êxito, a uma grande cartada. Agora, porém, qualquer contratempo o derrubava e o lançava em desespero, e ele dizia para si mesmo: comecei a melhorar e o remédio começou a fazer efeito, eis que me advém este maldito azar ou contratempo... E se irritava com o revés ou com as pessoas que lhe causavam aborrecimentos e o matavam, e sentia que essa raiva o matava, mas não conseguia detê-la. Dir-se-ia que para ele deveria ser claro que essa sua raiva contra as circunstâncias e as pessoas só reforçava a doença e que, por isso, não deveria dar tanta atenção aos incidentes desagradáveis. Mas ele fazia um raciocínio totalmente oposto: dizia que necessitava de tranquilidade, observava tudo o que perturbava essa tranquilidade, mas, ao menor contratempo, tomava-se de irritação. O que piorava ainda mais a sua condição era que ele lia livros de medicina e se aconselhava com médicos. A piora era tão regular que ele podia iludir-se, comparando um dia com o outro — a diferença era mínima. Mas, quando ele se aconselhava com os doutores, parecia-lhe que tudo piorava, e até muito depressa.

Mesmo assim, ele continuava a aconselhar-se constantemente com os médicos.

Naquele mês ele visitou outra celebridade: a outra celebridade lhe disse quase o mesmo que a primeira, mas colocou as perguntas de forma diversa. E a consulta com esta celebridade somente reforçou as dúvidas e o medo de Iván Ilitch. Um amigo de um amigo seu — médico renomado — definiu sua doença de modo muito diferente e, com isso, apesar de prometer-lhe a cura, confundiu ainda mais Iván Ilitch com suas perguntas e suposições, aumentando suas dúvidas. O homeopata deu ainda outra classificação para a sua doença e receitou-lhe um remédio, que Iván Ilitch tomou durante uma semana, às escondidas de todos. Mas, passada a semana, sem sentir alívio e tendo perdido a confiança tanto neste como nos outros tratamentos, caiu numa depressão pior ainda. Certa vez, uma senhora mencionou uma cura por ícones[3]. Iván Ilitch se pilhou, escutando-a atentamente e acreditando na veracidade do fato. Este caso o assustou: "Será que fiquei tão debilitado intelectualmente?", perguntou-se. "Tolices! Tudo bobagem, preciso não me deixar levar por cismas e, sim, tendo escolhido um médico, ater-me estritamente ao seu tratamento. É o que vou fazer. Agora acabou-se. Não pensarei mais e, até o verão, cumprirei fielmente as suas instruções. E então se verá. Agora devo pôr um fim a essas hesitações...".

Era fácil dizer isso, mas impossível cumprir. A dor na ilharga continuava a atormentá-lo e parecia ficar sempre mais forte, mais constante; parecia-lhe que seu hálito tinha um cheiro repugnante e que o apetite e as forças caíam cada vez mais.

---

3 N.T.: ícones — imagens de santos.

Era impossível iludir-se: algo terrível, novo, e tão significativo como nada mais significativo ocorrera em sua vida acontecia agora com Iván Ilitch. E só ele sabia disso, todos os circunstantes não compreendiam, ou não queriam compreender, e pensavam que tudo no mundo caminhava como antes. Era isso o que mais torturava Iván Ilitch. Os familiares — principalmente a mulher e a filha, que estavam em plena temporada de saídas sociais — não percebiam nada, ele bem via, e aborreciam-se porque ele andava tão tristonho e exigente, como se tivessem culpa disso. Embora elas procurassem disfarçar, ele percebia que as atrapalhava e que a mulher elaborara, em relação à sua doença, certa atitude à qual se aferrava, independente do que ele dissesse ou fizesse. Essa atitude era a seguinte:

— Sabem — dizia ela aos conhecidos —, Iván Ilitch é incapaz, como todas as pessoas normais, de seguir rigorosamente o tratamento prescrito. Hoje ele toma as gotas e come o que lhe foi ordenado e vai deitar-se na hora marcada; mas amanhã, de repente, se eu me distrair, esquecerá de tomar o remédio, comerá esturjão, que lhe foi proibido, e ficará jogando *whist* até uma hora da madrugada.

— Ora, quando foi isso? — perguntou Iván Ilitch, aborrecido. — Uma única vez, em casa de Piotr Ivánovitch.

— E ontem na casa de Chebek.

— Tanto faz, eu não consegui dormir por causa da dor...

— Seja lá como for, só que, assim, tu não vais sarar nunca, e nos torturas a todos.

A atitude aparente de Prascóvia Fiódorovna em relação a ele e a todos, perante a doença do marido, dava a entender que era ele próprio o culpado dessa doença, e que ela não passava de um novo aborrecimento que ele causava à esposa. Iván

Ilitch percebia que tudo isso lhe escapava involuntariamente, mas nem por isso se sentia melhor.

No tribunal Iván Ilitch notava, ou julgava notar, a mesma atitude estranha em relação a ele: ora lhe parecia que o viam como um homem prestes a desocupar o seu lugar, ora os colegas se punham a fazer pilhérias amigáveis a respeito das suas cismas, como se aquilo, a coisa terrível, apavorante, inaudita, que se instalara dentro dele e o sugava incessantemente e o arrastava de maneira irresistível para um ignoto algures, fosse o mais aprazível pretexto para as suas brincadeiras. Especialmente Schwarz irritava-o com sua jovialidade, vitalidade e *comme il faut* de atitudes, que lhe lembravam o Iván Ilitch de dez anos atrás.

Chegaram os amigos para uma partida de *whist*: sentaram-se, estrearam um baralho novo, distribuíram as cartas, Iván Ilitch juntou ouros com ouros e lhe saíram sete. O parceiro disse: — Sem trunfos — e sustentou dois ouros. Que mais poderia querer? Devia ficar contente, animado — era o *slam*. E, súbito, Iván Ilitch sentiu aquela dor pungente, aquele gosto ruim na boca, e pareceu-lhe absurdo alegrar-se com um *slam* nessa situação.

Ele olhou para Mikhail Mikháilovitch, seu parceiro, que bateu na mesa com a sua mão sanguínea, mas se absteve respeitosa e condescendentemente de apanhar as vasas, que empurrou para Iván Ilitch, para dar-lhe o prazer de juntá-las sem se esforçar ou estender o braço.

"O que é que ele pensa, que estou tão fraco a ponto de não poder esticar o braço um pouco mais?" Pensando assim, Iván Ilitch se esqueceu de contar os trunfos, atrapalhou-se e perdeu o *slam*; e o mais horrível é que ele viu o sofrimento de

Mikhail Mikháilovitch, e nem se importou. E era horrível pensar por que razão ele não se importou.

Todos observaram que ele estava passando mal, e lhe disseram: — Podemos parar, se estás fatigado. Descansa um pouco!

Descansar? Não, ele não estava nem um pouco cansado, e eles terminaram a partida. Todos estavam taciturnos e silenciosos. Iván Ilitch sentiu que era ele o culpado daquele estado de espírito, mas não podia dissipá-lo. Eles ceiaram e se despediram, e Iván Ilitch ficou só, com a consciência de que a sua vida estava envenenada e de que envenenava a vida dos outros, e que esse veneno não diminuía mas invadia cada vez mais todo o seu ser.

E, com essa consciência, e mais a dor física, e ainda com o terror, era preciso deitar-se na cama e, muitas vezes, não dormir a maior parte da noite. E, de manhã, era preciso levantar-se de novo, vestir-se, ir para o tribunal, falar, escrever e, caso não fosse para lá, ficar em casa as vinte e quatro horas do dia, cada uma das quais uma tortura. E ser obrigado a viver assim, à beira do perecer, sozinho, sem um único ser humano que pudesse compreendê-lo e lamentá-lo.

V

Assim passaram-se um mês, e dois meses. Antes do Ano Novo, chegou à cidade o irmão da mulher, que se hospedou em sua casa. Iván Ilitch estava no tribunal. Prascóvia Fiódorovna saíra às compras. Ao entrar no seu gabinete, ele deu com o cunhado, homem vigoroso e sanguíneo, desfazendo ali mesmo a sua mala. Ao rumor dos passos de Iván Ilitch, ele levantou a cabeça e fitou-o por um momento em silêncio. Essa olhada revelou tudo a Iván Ilitch. O cunhado abriu a boca para uma exclamação, mas se conteve. Esse movimento confirmou tudo.

— Como é, estou mudado?

— Sim... houve mudança.

E, por mais que Iván Ilitch tentasse levar a conversa para a sua aparência exterior, o cunhado sempre se esquivava. Chegou Prascóvia Fiódorovna, e o irmão foi ter com ela. Iván Ilitch trancou a porta à chave e foi olhar-se no espelho — de frente, depois de lado. Pegou um retrato seu com a mulher e comparou-o com o que via no espelho. A mudança era enorme. Então ele desnudou os braços até os cotovelos, olhou, baixou as mangas, sentou-se no sofá e ficou mais sombrio que a noite.

"Não devo, não devo", disse ele consigo mesmo, e, levantando-se de chofre, foi até a mesa, abriu um processo, começou a ler, mas não conseguiu continuar. Abriu a porta e dirigiu-se para o salão. A porta da sala de visitas estava fechada. Ele se aproximou nas pontas dos pés e se pôs a escutar.

— Não, tu estás exagerando — dizia Prascóvia Fiódorovna.

— Como exagerando? Será que tu não percebes? Ele é um homem morto! Repara só nos seus olhos. Sem luz! Mas o que é que ele tem?

— Ninguém sabe. Nicoláiev (era o outro médico) disse qualquer coisa, mas eu não entendi. Lechtchinsky (era o médico famoso) disse, pelo contrário...

Iván Ilitch afastou-se, foi para o seu quarto, deitou-se e começou a pensar: "É o rim flutuante". Lembrou-se de tudo o que lhe disseram os médicos, como esse rim se soltou e ficou flutuando. E, com um esforço da imaginação, ele tentava segurar esse rim, detê-lo, fixá-lo, era preciso tão pouco ao que lhe parecia.

"Não, ainda vou procurar Piotr Ivánovitch (era aquele colega seu que tinha um amigo médico)." Tocou a sineta, mandou atrelar o cavalo e preparou-se para sair.

— Aonde vais, *Jean?* — perguntou a mulher, com uma expressão triste e desusadamente bondosa.

Essa bondade desusada irritou-o. Ele lhe lançou um olhar sombrio.

— Preciso ir à casa de Piotr Ivánovitch.

Dirigiu-se à casa do colega que tinha um amigo médico. E, com ele, ao médico. Encontrou-o em casa e teve com ele uma longa conversa.

Examinando as minúcias anatômicas e fisiológicas daquilo que, na opinião do doutor, passava-se dentro dele, Iván Ilitch compreendeu tudo.

Havia uma pequena coisa, uma coisinha minúscula, no apêndice. Mas isso poderia arranjar-se. Estimular a energia de um órgão, enfraquecer a ação do outro, para produzir absorção, e tudo se arranjaria. Iván Ilitch atrasou-se um pouco para o jantar. Jantou, conversou alegremente, e ficou muito tempo sem conseguir retirar-se para trabalhar. Finalmente entrou no seu gabinete e, *in continenti*, lançou-se ao trabalho. Lia os processos, trabalhava, mas a sensação de que havia um assunto íntimo, importante, adiado, que o aguardava, e com o qual se ocuparia após terminar, não o abandonava. Quando concluiu o trabalho, lembrou-se de que esse assunto íntimo era o problema do seu apêndice. Mas não se entregou a esse pensamento, e se dirigiu à sala, para o chá.

Havia visitas, conversavam, tocavam piano, cantavam. Entre os presentes estava o juiz de instrução, candidato almejado à mão da filha. Naquele sarau, Iván Ilitch esteve mais alegre que nos outros, como observou Prascóvia Fiódorovna, mas sem esquecer, por um momento, que o aguardavam reflexões importantes, adiadas, a respeito do seu apêndice. Às onze horas, despediu-se e retirou-se para os seus aposentos.

Desde o início da sua doença, Iván Ilitch dormia sozinho num quartinho pequeno ao lado do seu gabinete. Entrou, despiu-se e pegou um romance de Zola, mas não o lia, estava só pensando. E, na sua imaginação, acontecia aquela desejada melhora no apêndice. Reabsorvia-se, eliminava-se, instalava-se a atividade normal. "Sim, é tudo assim mesmo, só é preciso ajudar a natureza." Lembrou-se do remédio, levantou-se, tomou-o e deitou-se de costas, atento à ação benéfica do medicamento, a como ele anulava a dor. "É só tomá-lo regularmente e evitar influências prejudiciais; agora mesmo eu já me sinto um pouco melhor." Apagou a vela e deitou-se de lado... O apêndice está se corrigindo, reabsorvendo-se. Súbito, sentiu a velha, a conhecida dor, surda, obstinada, silenciosa, grave. Na boca, o mesmo gosto nauseabundo. Confrangeu-se o coração, a cabeça rodava.

— Meu Deus, meu Deus! — articulou ele. — Outra vez, outra vez, e nunca vai parar. De repente, as coisas apareceram-lhe sob um ângulo totalmente diverso. — O apêndice, o rim — disse para si mesmo. — Não é do apêndice, nem do rim, que se trata. Trata-se da vida... e da morte. Sim, houve a vida, e eis que ela se esvai, vai-se embora e eu não posso segurá-la. Para quê me iludir? Pois não está evidente para todos, menos para mim mesmo, que estou morrendo, que tudo é apenas uma questão de semanas, dias; ainda hoje, quem sabe? Havia luz e agora são trevas. Eu estava aqui, e agora, para lá! Para onde? Envolveu-o um calafrio, a respiração suspensa. Ele só ouvia o palpitar do coração.

"Eu não serei mais, e o que será então? Não haverá nada? E onde estarei eu, quando eu não for mais? Será mesmo a morte? Não, eu não quero." Soergueu-se de chofre, quis acender a vela, procurou-a com mãos trêmulas, derrubou ao chão a vela com o castiçal e deixou-se cair de novo para trás, no travesseiro. — Para quê? Tanto faz — dizia consigo mesmo, fitando a escuridão com os olhos abertos. — Estão alegres, tocam piano. (Ele ouvia, através da porta, o som das vozes distantes, refrões cantados.) — Eles não se importam, mas também eles

A MORTE DE IVÁN ILITCH 67

vão morrer. Chusma de tolos! Eu vou antes, eles depois; mas será o mesmo para eles. E eles se divertem. Animais! A raiva sufocava-o. E invadiu-o um mal-estar terrível, uma angústia torturante, insuportável. Não é possível que todos, sempre, estejam condenados a esse pavor horrendo. Ele se levantou. "Alguma coisa não está certa; preciso acalmar-me, preciso repensar tudo isso desde o começo." E ele começou a refletir. "Sim, o começo da doença. Levei uma pancada do lado, e continuei o mesmo, naquele dia e no dia seguinte; incomodava um pouco, depois mais, depois os médicos, depois o desânimo, a angústia, de novo os médicos; e eu caminhando sempre mais e mais para o abismo. As forças diminuindo. Mais perto e mais perto. E eis-me definhando, os olhos sem luz. É a morte, e eu a pensar no apêndice. Penso em como consertar o apêndice, mas isto é a morte. Será possível que é a morte?"

E o terror invadiu-o de novo, ficou ofegante, inclinou-se à procura de fósforos, deu uma topada com o cotovelo no criado-mudo. Este o atrapalhava, causava-lhe dor, ele ficou com raiva, empurrou-o e derrubou o criado-mudo. E, em desespero, sufocando, caiu de costas, esperando a morte a qualquer momento.

Enquanto isso, as visitas despediam-se. Prascóvia Fiódorovna acompanhava-as até a porta. Ela ouviu o tombo e entrou.

— O que foi?

— Nada. Derrubei sem querer.

Ela saiu, trouxe uma vela. Ele continuava deitado, com a respiração ofegante e acelerada, como um homem que acabava de correr uma *verstá*[4], fitando-a com olhos parados.

---

4 N.T.: *verstá* — milha russa; 1,06 km.

— O que tens, *Jean?*

— Na... nada. Der... ru... bei. — "Falar para quê? Ela não vai compreender", pensava ele.

E ela não compreendia mesmo. Levantou o criado-mudo, acendeu a vela e saiu depressa: precisava acompanhar uma visitante.

Quando voltou, ele continuava deitado de costas, olhando para cima.

— O que tens, estás pior?

— Sim.

Ela balançou a cabeça e sentou-se um pouco.

— Sabes, *Jean*, eu estava pensando, não será melhor convidar o Lechtchinsky para vir aqui?

Isso significaria trazer o médico famoso e não poupar dinheiro. Ele deu um sorriso sarcástico e disse:

— Não!

Ela ficou mais um pouco, inclinou-se e beijou-o na testa.

Ele a odiava com todas as fibras de sua alma enquanto ela o beijava. E fez um esforço para não a empurrar.

— Até logo. Se Deus quiser conseguirás pegar no sono.

— Sim.

VI

Iván Ilitch via que estava morrendo e vivia em permanente desespero.

No fundo da alma, Iván Ilitch sabia que estava morrendo, mas não só não se acostumava com isso como simplesmente não conseguia compreender.

Aquele exemplo de silogismo, que ele aprendera na lógica de Kisewetter, "Caio é um homem, os homens são mortais, portanto Caio é mortal", pareceu-lhe, durante toda a sua vida, correto somente em relação a Caio, mas de modo algum em relação a ele próprio. Aquele era o Caio ser humano, o homem em geral, o que era inteiramente justo; porém ele não era Caio, nem era o homem em geral, mas sempre fora algo totalmente, totalmente especial, diferente de todos os outros seres. Ele era o Vánia[5], como mamã, papá, com Mítia e Volódia, com os brinquedos, o cocheiro, a babá, depois com Kátenka, com todas as alegrias, tristezas e entusiasmos da infância, adolescência, juventude. Era de Caio aquele cheiro da bola de couro listrada, de que Vánia gostava tanto? Era Caio que beijava a mão da mãe? Era para Caio que sussurrava assim a seda das pregas do vestido da mãe? Fora Caio que se rebelara na aula de juris-

---

5 N.T.: diminutivo de Iván.

prudência por causa dos pasteizinhos? Era Caio que esteve tão apaixonado? Seria Caio capaz de conduzir, como ele, uma audiência no tribunal?

E Caio é de fato mortal, e está certo que ele morrerá. Mas, para mim, Vánia, Iván Ilitch, com todos os meus sentimentos, pensamentos — para mim, a coisa é diferente. E não pode ser que eu tenha de morrer. Seria horrível demais!

Era isso o que ele sentia.

"Se também eu tivesse de morrer, como Caio, eu o saberia, a minha voz interior me diria isso; mas nada de semelhante acontecia comigo. Tanto eu como todos os meus amigos — nós compreendíamos que conosco era totalmente diferente de Caio. E agora — isto aqui! Não podia ser. Não pode ser. Mas é. Mas como? Como compreendê-lo?"

E ele não conseguia compreender e se esforçava por afugentar esse pensamento como algo falso, errôneo, mórbido, e tentava substituí-lo por outras ideias, corretas e sadias. Mas esse pensamento, e não só como pensamento, mas como a própria realidade, voltava sempre de novo e erguia-se diante dele.

E ele chamava, para o lugar desse pensamento, outros pensamentos, por turnos, na esperança de neles encontrar apoio. Ele tentava saltar para as mesmas ideias que antes ocultavam dele a ideia da morte. Mas, coisa estranha, tudo aquilo o que antigamente ocultava, escondia, abolia a consciência da morte, agora já não podia mais produzir esse efeito. Ultimamente, Iván Ilitch consumia a maior parte do tempo nessas tentativas de restabelecer a antiga ordem de ideias que ocultava a morte. Ora, ele se dizia: "Vou mergulhar no meu trabalho, afinal de contas, eu vivo para ele". E lá ia para o tribunal, afastando de si quaisquer dúvidas. Entabulava conversas com os colegas e sentava-se, conforme o velho hábito, passeando distraidamente o olhar pensativo pela multidão, apoiado com ambas as mãos esquálidas nos braços da grande cadeira de carvalho; inclinava-se, conforme o velho hábito, para o colega ao lado, adiantando o processo, cochichando e, depois, de repente, levantando os olhos e aprumando-se, pronunciava as palavras habituais e dava início à sessão. Mas súbito, no meio de tudo, a dor na ilharga, sem qualquer consideração pelo desenvolvimento do processo em pauta, iniciava o seu próprio torturante processo.

Iván Ilitch escutava-a, tentava afastar dela o seu pensamento, mas ela se postava bem na sua frente, e o encarava, e ele ficava petrificado, a luz dos seus olhos se apagava, e ele começava a perguntar-se de novo: "Será que somente *ela* é a única verdade?". E os colegas e os subalternos viam com desgosto que ele, um juiz tão arguto, tão brilhante, confundia-se, cometia erros. Ele se sacudia, procurava dominar-se e encerrava os trabalhos às pressas, de qualquer maneira, e voltava para casa com a melancólica consciência de que o seu serviço de magistrado não podia, como antes, ocultar-lhe o que ele próprio queria ocultar; que a atividade de juiz não podia livrá-lo *dela*. E o pior de tudo era que *ela* o desviava para si, não para que ele fixasse alguma coisa, mas tão somente a fim de forçá-lo a olhar para *ela*, direto nos olhos, olhar para *ela* sem nada fazer, num sofrimento inexprimível.

E, tentando escapar desse estado, Iván Ilitch procurava consolo em outros biombos, e outros biombos apareciam e como que o levavam por um breve período, mas logo, sem realmente desmoronarem, ficavam como que transparentes, como se *ela* atravessasse tudo o que pudesse escondê-la.

Naqueles últimos tempos, acontecia-lhe entrar na sala que ele próprio arrumara — a mesma sala de visitas onde ele caíra, e por cuja decoração (com que riso amargo se lembrava disso) sacrificara a própria vida, pois sabia que o seu mal começara com aquela contusão —, e então ele via que na mesa laqueada havia uma marca feita por alguma coisa cortante. Procurava a causa e encontrava-a no enfeite de bronze do álbum, arrebitado na ponta. Ele pegava o álbum, álbum caro, montado por ele mesmo com todo o carinho, e aborrecia-se com a falta de cuidado da filha e dos seus amigos — ora um rasgão, ora um retrato virado ao contrário. Ele punha tudo em ordem, cuidadosamente, endireitava de novo o ornamento.

Depois vinha-lhe a ideia de pegar todo aquele *établissement* com os álbuns e mudá-lo para outro canto, junto das flores. Chamava o criado: acorriam ou a filha ou a mulher para ajudá-lo; elas não concordavam, contradiziam-no, ele discutia, irritava-se; mas estava tudo bem, porque, nesses momentos, ele não se lembrava *dela, ela* não estava visível.

Mas eis que a mulher lhe disse, quando ele próprio empurrava o móvel:

— Deixa, os criados farão isto, tu vais te fazer mal de novo.

E, súbito, *ela* apareceu através do biombo, ele *a* viu. *Ela* surgiu rápida, ele ainda tinha esperança de que *ela* sumisse, mas, sem querer, ele atentava para a ilharga — e lá continuava encravado aquilo, continuava a atormentá-lo, e ele já não podia esquecer, *ela* o encarava, fitava-o fixamente por detrás das flores. Para quê tudo isso?

"E será verdade que foi aqui, nessa cortina, que eu, como num assalto, perdi a vida? Será possível? Como é terrível e como é tolo! Isso não pode ser! Não pode ser! Mas é!"

E ele entrava no gabinete, deitava-se e ficava novamente a sós com *ela*. Olho no olho com *ela*, e nada a fazer com *ela*. Somente fitá-la e sentir-se gelar.

VII

Como isso aconteceu no terceiro mês da doença de Iván Ilitch, não era possível dizer, porque foi acontecendo passo a passo, imperceptivelmente, mas o fato é que tanto a mulher como a filha e o filho, e os criados, os conhecidos, os médicos, e principalmente ele próprio, sabiam que todo o interesse dos outros por ele consistia na questão de quando, finalmente, ele desocuparia o lugar, libertaria os vivos do transtorno da sua presença, e ele próprio se libertaria dos seus sofrimentos.

Iván Ilitch dormia cada vez menos; davam-lhe ópio e começaram a aplicar-lhe injeções de morfina. Mas isso não lhe trazia alívio. A angústia surda que ele sentia naquele estado de sonolência no princípio apenas lhe dava certo alívio como algo novo, mas, depois, ela se tornou tão ou mais torturante do que a dor indisfarçada.

Preparavam-lhe alimentos especiais segundo prescrições médicas; mas todas essas comidas foram-lhe ficando cada vez mais insossas, mais e mais repugnantes.

Para as suas evacuações também foram feitos arranjos especiais, e a cada vez isso era um suplício. Suplício por causa da imundice, do constrangimento e do cheiro, e da consciência de que outra pessoa tinha de participar daquilo.

Mas foi justamente nesse assunto tão desagradável que surgiu um consolo para Iván Ilitch. Para levar seu urinol sempre vinha o mujique doméstico Guerássim.

Guerássim era um jovem camponês limpo, sadio, um tanto engordado pela comilança urbana. Sempre alegre, risonho. No começo, a presença desse rapaz sempre asseado, vestido à russa, que cumpria aquela tarefa repugnante, embaraçava Iván Ilitch.

Certa vez, levantando-se do vaso e sem forças para puxar as calças, ele desabou sobre a poltrona estofada, a olhar horrorizado para as suas impotentes coxas desnudas, de músculos nitidamente delineados.

Nisso, espalhando em volta de si um agradável odor de alcatrão das botas grossas e do frescor do ar hibernal, com passos leves e fortes, entrou Guerássim, de avental de cânhamo e camisa limpa de chita, mangas arregaçadas sobre os braços jovens e vigorosos, e, sem olhar Iván Ilitch — obviamente contendo, para não ofender o doente, a alegria de viver que seu rosto irradiava —, aproximou-se do vaso.

— Guerássim — disse Iván Ilitch debilmente.

Guerássim estremeceu, aparentemente receoso de ter feito alguma coisa errada, e, num movimento rápido, virou para o doente o seu rosto fresco, bondoso, simples e jovem, no qual a barba apenas começava a despontar.

— O que deseja, meu senhor?

— Isto decerto te é desagradável, eu acho. Desculpa-me. Eu não posso.

— Mas o que está dizendo, senhor? — Os olhos de Guerássim brilharam, e ele mostrou seus jovens e alvos dentes num sorriso. — Que é que tem isso? O seu caso é de doença.

E, com as mãos ágeis e robustas, ele cumpriu a tarefa costumeira e saiu, pisando leve. E, cinco minutos depois, ele voltou, com o mesmo passo leve.

Iván Ilitch continuava sentado na poltrona, como antes.

— Guerássim — disse ele, quando o moço recolocou no lugar o urinol lavado e limpo —, por favor, ajuda-me, vem cá! E Guerássim aproximou-se.

— Levanta-me! Sozinho me é difícil, e eu despachei o Dmitri.

Guerássim aproximou-se, com braços fortes. Do mesmo modo como pisava leve, ele o abraçou, suspendeu-o ágil e suavemente, sustentando-o com uma mão, enquanto a outra puxava-lhe as calças, e fez menção de tornar a sentá-lo. Mas Iván Ilitch pediu que o levasse para o sofá. Guerássim, sem esforço e como que sem pressioná-lo, conduziu-o quase carregado até o sofá e fê-lo sentar-se.

— Obrigado. Como tu fazes tudo com tanto jeito... tão bem.

Guerássim sorriu de novo e voltou-se para sair. Mas Iván Ilitch sentia-se tão bem com ele que não teve vontade de deixá-lo ir.

— Faz uma coisa: empurra-me por favor esta cadeira até aqui. Não, esta outra, debaixo dos meus pés. Eu me sinto melhor com os pés mais elevados.

Guerássim trouxe a cadeira, colocou-a no chão de uma vez, sem ruído, e apoiou sobre ela os pés de Iván Ilitch, e pareceu a este que sentia alívio enquanto Guerássim suspendia-lhe as pernas para pousá-las na cadeira.

— Sinto-me melhor com os pés mais altos — disse Iván Ilitch. — Coloca-me aquela almofada ali.

Guerássim fez o que ele pedia. Soergueu-lhe de novo os pés e acomodou-os sobre a almofada. E de novo Iván Ilitch sentiu alívio enquanto Guerássim segurava-lhe os pés. Quando ele os abaixava, pareceu-lhe piorar.

— Guerássim — disse ele —, estás ocupado agora?

— Não, meu senhor — disse Guerássim, que aprendera com a gente da cidade a como falar com os patrões.

— O que mais tens a fazer?

— O que mais? Já fiz tudo, só falta rachar lenha para amanhã.

— Então, segura os meus pés assim, mais altos, podes?

— Por que não, eu posso — Guerássim suspendeu-lhe os pés ainda mais alto, e pareceu a Iván Ilitch que, nessa posição, não sentia dor alguma.

— E a lenha, como é que fica?

— Não queira preocupar-se. A gente tem tempo.

Iván Ilitch mandou Guerássim sentar-se e segurar-lhe os pés, e conversou com ele. E — coisa estranha — parecia-lhe sentir-se melhor enquanto Guerássim lhe segurava os pés.

Desde então Iván Ilitch passou a chamar Guerássim de vez em quando: fazia-o segurar-lhe os pés sobre os ombros, e gostava de conversar com ele. Guerássim fazia-o de boa vontade, fácil e simplesmente, com uma bondade que comovia Iván Ilitch. Saúde, vigor, alegria de viver, em todas as outras pessoas, ofendiam o enfermo; somente o vigor e a vitalidade de Guerássim não magoavam e, sim, acalmavam Iván Ilitch.

O principal tormento de Iván Ilitch era a mentira, aquela mentira estranhamente admitida por todos, de que ele estava apenas doente e não moribundo, e que precisava apenas manter-se calmo e tratar-se, e então algo de muito bom resultaria disso. Ele, porém, sabia que, o que quer que fizessem, nada resultaria a não ser sofrimentos ainda mais atrozes, e a morte. E essa mentira o torturava. Torturava-o o fato de que não queriam admitir o que todos sabiam, e ele também sabia, mas queriam mentir-lhe sobre a sua pavorosa situação, e queriam, e conseguiam, forçá-lo a participar, ele próprio, dessa mentira.

A mentira, essa mentira à qual o submetiam às vésperas da sua morte, a mentira que devia rebaixar esse ato terrível e solene da sua morte ao nível das suas visitas, cortinados, esturjão no jantar..., essa mentira era horrivelmente torturante para Iván Ilitch. E, coisa estranha, quando os outros praticavam sobre ele as suas manobras, Iván Ilitch ficava a ponto de gritar-lhes: "Parem de mentir, vocês sabem, e eu sei, que estou morrendo, então pelo menos parem de mentir!". Mas nunca teve ânimo para fazê-lo. Ele via que o tremendo, o pavoroso ato da sua morte era, por todos os circunstantes, reduzido à categoria de mero contratempo ocasional, uma espécie de falta de decoro (como quando alguém entra na sala de visitas espalhando mau cheiro em volta de si) — aquele mesmo "decoro" ao qual ele se submetera durante toda a sua vida. E ele via que ninguém teria pena dele, porque ninguém desejava sequer compreender a sua situação. Guerássim — só ele — era o único que compreendia essa situação e se condoía dele. E por isso Iván Ilitch só se sentia bem na companhia de Guerássim. Sentia-se bem quando Guerássim, por vezes durante noites inteiras, segurava seus pés e não queria sair para deitar-se, dizendo:

— Não queiras te preocupar, Iván Ilitch, eu vou ter tempo para dormir.

Ou quando ele, de repente, passando a tuteá-lo, acrescentava:

— Se não estivesses doente..., mas, estando assim, por que eu não iria te servir?

Guerássim era o único que não mentia, tudo levava a crer que só ele compreendia o que estava sucedendo, e não julgava necessário ocultá-lo, mas, simplesmente, condoía-se do patrão debilitado e esquálido. Certa vez, ele até falou diretamente, quando Iván Ilitch o dispensava:

— Todos vamos morrer. Por que, então, não fazer um esforço? — disse ele, expressando com isso que não sentia o peso daquele trabalho, justamente porque o fazia por um moribundo e tinha esperança de que, na sua hora, alguém fizesse o mesmo serviço por ele.

Além dessa mentira, ou em consequência dela, o mais torturante para Iván Ilitch era o fato de que ninguém o lamentava do modo que ele gostaria que fosse lamentado: em certos momentos, após prolongado sofrimento, Iván Ilitch desejava mais que tudo, por muito que se envergonhasse de confessá-lo, desejava, como uma criança doente, que alguém tivesse dó dele. Tinha vontade de ser acarinhado, consolado, que chorassem por ele, como acariciam e consolam as crianças. Ele sabia que era uma pessoa importante, que tinha barba grisalha e que, portanto, isso era impossível; mas, não obstante, ele o desejava. E, na sua relação com Guerássim, havia algo próximo disso, e por isso a relação com Guerássim o consolava. Iván Ilitch tinha vontade de chorar, queria que o acarinhassem e chorassem por ele. Mas eis que chega um colega — o membro do tribunal, Chebek — e Iván Ilitch, ao invés de chorar e enternecer-se, assume um ar grave, solene e significativo e, por inércia, expõe o seu ponto de vista a respeito da importância de uma decisão de cassação, e nela insiste obstinadamente. Essa mentira à sua volta e dentro dele próprio envenenava, mais que tudo, os últimos dias de sua vida.

VIII

Era manhã. Era manhã somente porque Guerássim saiu e entrou Piotr, o criado: apagou as velas, abriu um dos reposteiros e começou a arrumar o quarto, silenciosamente. Se era manhã ou noite, se era domingo ou segunda-feira, não fazia diferença, era tudo igual: uma só dor, constante, torturante, sem um instante de trégua; a consciência da vida se esvaindo sem esperança, mas ainda presente; e a mesma iminente e ameaçadora, apavorante e odiosa morte, que era, só ela, a única realidade, e sempre a mesma mentira. Que importam, pois, aqui, dias, semanas e horas do dia?

— Não deseja mandar trazer-lhe o chá?

"Ele precisa de ordem, que os patrões sempre tomem chá de manhã", pensou Iván Ilitch, mas disse apenas:

— Não.

— Não gostaria de passar para o sofá?

"Ele precisa pôr o quarto em ordem, eu atrapalho, eu sou a falta de limpeza, a desordem", pensou ele, e disse apenas:

— Não, deixa-me só.

O criado atarefou-se ainda um pouco. Iván Ilitch estendeu a mão. Piotr aproximou-se, solícito.

— O que deseja?

— O relógio.

Piotr pegou o relógio, que estava ao alcance da mão, e entregou-lhe.

— Oito e meia. Eles já se levantaram, lá dentro?

— Não, senhor. Vassili Ivánovitch (era o filho) foi para o ginásio, e Prascóvia Fiódorovna ordenou que a acordassem se o senhor perguntasse por ela. O senhor manda?

— Não, não é preciso. — "Quem sabe eu tento tomar chá?" — pensou ele. — Sim, chá... traz-me chá.

Piotr dirigiu-se para a porta. Iván Ilitch sentiu medo de ficar só. "Como vou retê-lo? Sim, o remédio." — Piotr, traz-me o remédio. — "Por que não, quem sabe o remédio ainda me ajuda." Pegou a colher, engoliu. "Não, não vai adiantar. Tudo isso é bobagem, enganação", decidiu ele, assim que sentiu o conhecido sabor adocicado e inútil. "Não, já não posso mais acreditar. Mas esta dor, esta dor, para quê, se ao menos ela parasse por um minuto." E ele gemeu. Piotr voltou.

— Não, vai indo. Traz o chá.

Piotr saiu. Iván Ilitch, ficando só, começou a gemer, não tanto de dor, por atroz que ela fosse, mas de angústia. "Sempre o mesmo e o mesmo, todos esses dias e noites intermináveis. Se ao menos fosse mais rápido. Mais rápido o quê? Morte, trevas. Não, não. Tudo é melhor que a morte!"

Quando Piotr voltou com o chá numa bandeja, Iván Ilitch fitou-o com um olhar absorto, sem atinar quem era e a que viera. Piotr perturbou-se diante daquele olhar. E, ao perceber sua perturbação, Iván Ilitch caiu em si.

— Sim — disse ele —, o chá... está bem, deixa-o aqui. Só ajuda-me a lavar-me e dá-me uma camisa limpa.

E Iván Ilitch começou a lavar-se. Pausadamente, lavou as mãos, o rosto, limpou os dentes, começou a pentear-se e olhou-se no espelho. Ficou apavorado: era especialmente horrível ver como os cabelos se colavam, aplastados, na fronte pálida.

Enquanto era ajudado a vestir a camisa, Iván Ilitch sabia que ficaria ainda mais horrorizado se olhasse para o seu corpo, e não olhou. Finalmente, terminou tudo. Vestiu um roupão, cobriu-se com uma manta e sentou-se na poltrona para tomar chá. Por um minuto, sentiu-se refrescado, mas, assim que começou a beber o chá, voltou-lhe o mesmo gosto ruim, a mesma dor. Forçou-se a terminar o chá e deitou-se, esticando as pernas. Deitou-se e despachou Piotr.

Sempre o mesmo. Ora reluz uma gota de esperança, ora encapela-se o mar de desespero, e sempre a dor, sempre a angústia e sempre a mesma dor, o mesmo, o mesmo. Ficar sozinho é aflitivo demais, dá vontade de chamar alguém, mas ele sabe de antemão que na presença de outros é pior ainda. "Se ao menos me dessem mais morfina — para me adormecer. Vou dizer-lhe, ao médico, que invente mais alguma coisa. Assim não é possível, assim não dá."

Uma hora, duas, transcorreram assim. Mas eis que soa a campainha no vestíbulo. Quem sabe é o doutor? De fato, é o médico, fresco, animado, gordo, alegre, com aquela expressão de quem diz: "Vocês aí estão todos assustados, mas nós aqui já vamos arrumar-lhes tudo". O doutor sabe que essa expressão não tem cabimento aqui, mas ele já a afivelou de uma vez por todas e não pode mais removê-la, como um homem que enverga um fraque de manhã e sai a fazer visitas.

O doutor esfregou as mãos, animado e consolador.

— Estou gelado. Faz um frio de rachar. Deixe que eu me aqueça — disse ele, com uma expressão assim, como se bastasse apenas esperar um pouco, até ele se aquecer e, uma vez aquecido, logo tudo seria consertado.

— Então, que tal, como vai isso?

Iván Ilitch sentiu que o doutor tinha vontade de dizer: "Então, como vão os negócios?", mas que sentiu que não dava para falar assim, e perguntou: "Como passou a noite?".

Iván Ilitch olhou para o médico com ar de interrogação: "Será que nunca terás vergonha de mentir?". Mas o doutor não queria entender a pergunta.

E Iván Ilitch respondeu:

— Do mesmo jeito, horrível. A dor não passa, não cede. Se ao menos... alguma coisa.

— Pois é, vocês doentes são sempre assim. Bem, agora parece que já me aqueci, e até a meticulosa Prascóvia Fiódorovna não teria nada a objetar contra a minha temperatura. Muito bem, bom dia. — E o médico apertou-lhe a mão.

E, pondo de lado os ares jocosos, o doutor começou a examinar o doente com expressão séria, o pulso, a temperatura, e começaram as palpações, as auscultações.

Iván Ilitch sabia, com certeza e segurança, que tudo isso era tolice e mera encenação, mas, quando o médico, ajoelhando-se, inclinou-se sobre ele, encostando o ouvido ora mais em cima, ora mais embaixo, e executou sobre ele, com cara ultrassignificativa, toda sorte de evoluções ginásticas, Iván Ilitch submeteu-se a isso como se submetia antigamente aos discursos dos advogados, quando sabia muito bem que todos eles mentiam e para quê mentiam.

O doutor, de joelhos sobre o sofá, ainda auscultava alguma coisa, quando da porta ouviu-se o farfalhar da seda do vestido de Prascóvia Fiódorovna, e ouviu-se a sua reprimenda a Piotr, por não tê-la avisado da chegada do doutor.

Ela entrou, beijou o marido e, *in continenti*, pôs-se a explicar que já estava de pé há muito tempo e só por um mal-entendido não estava presente na hora da chegada do doutor.

Iván Ilitch olhou para ela, examinou-a inteira e censurou-lhe a alvura da tez, e a rotundidade, e a limpeza das suas mãos, do pescoço, o lustre dos seus cabelos e o brilho dos seus olhos cheios de vida. Ele a odiava com todas as veras da alma. E o seu toque o fazia sofrer com o afluxo do ódio contra ela. A sua atitude com ele e sua doença era sempre a mesma. Assim como o médico elaborara, perante os doentes, uma atitude que já não podia modificar, ela também elaborara uma atitude perante o marido — a de que ele não fazia o que era necessário, por sua própria culpa, e que ela o reprovava amorosamente por isso — e já não podia mais desistir dessa atitude em relação a ele.

— Mas se ele não obedece! Não toma os remédios na hora certa. E o principal é que ele se deita numa posição que, com certeza, lhe é prejudicial, com os pés para cima.

Ela contou como ele obrigava Guerássim a segurar-lhe os pés.

O doutor sorriu com benevolente desprezo, como quem diz: "O que fazer, esses doentes às vezes inventam dessas tolices, mas podemos desculpá-lo". Terminado o exame, o doutor consultou o relógio, e então Prascóvia Fiódorovna declarou a Iván Ilitch que, quer ele concordasse ou não, hoje ela chamaria o médico famoso, e ele, com Mikhaíl Danílovitch (era o médico comum), faria novo exame e tomaria uma decisão.

— E não te oponhas, por favor. Faço isso por mim mesma — disse ela ironicamente, dando a entender que fazia tudo por ele, e só por isso não lhe dava o direito de recusar-lhe. Iván Ilitch permanecia calado, de rosto contraído. Sentia que essa mentira que o rodeava estava tão emaranhada que já ficava difícil entender qualquer coisa.

Tudo o que ela fazia com ele, fazia-o por si mesma, e lhe dizia que fazia por si mesma o que ela, de fato, fazia por si mesma, como se fosse algo tão inacreditável que ele devia entendê-lo às avessas.

Com efeito, às onze e meia chegou o doutor famoso. Novamente começaram as auscultações e as conversas significativas, diante dele e no quarto adjacente, a respeito do rim flutuante e do apêndice, com perguntas e respostas com ares tão significativos que, de novo, no lugar do problema real da vida e da morte, o único importante para Iván Ilitch, destacavam-se de novo a questão do rim e do apêndice, que de alguma forma não se comportavam como deviam e que, por causa disso, já-já Mikhaíl Danílovitch e o médico famoso os atacariam e os obrigariam a se corrigirem.

O doutor famoso despediu-se com um aspecto grave mas não desesperançado. E, à tímida pergunta que Iván Ilitch lhe dirigiu, levantando para ele os olhos brilhantes de medo e esperança, sobre se existia possibilidade de cura, respondeu que não se podia garantir, mas que a possibilidade existia. O olhar de esperança com o qual Iván Ilitch acompanhou o doutor era tão patético que, ao vê-lo, Prascóvia Fiódorovna até começou a chorar, ao sair pela porta do gabinete a fim de entregar os honorários ao doutor famoso.

A melhora de ânimo produzida pelo fio de esperança do doutor durou pouco. Novamente o mesmo quarto, os mesmos quadros, cortinas, forrações, frascos, e o próprio corpo dolorido e sofredor. E Iván Ilitch começou a gemer. Aplicaram-lhe uma injeção e ele mergulhou em torpor.

Quando despertou, começava a anoitecer; trouxeram-lhe o jantar. Ele tomou o caldo, com esforço; e novamente o mesmo, e novamente a noite chegando.

Após o jantar, às sete horas, Prascóvia Fiódorovna entrou no seu quarto, vestida para sair, os seios grandes apertados no decote e vestígios de pó de arroz no rosto. Ainda de manhã ela o avisara sobre a sua ida ao teatro. Sarah Bernhardt apresentava-se em turnê, e eles tinham um camarote, que haviam comprado por insistência dele. Agora Iván Ilitch se esquecera disso, e os trajes da mulher o ofendiam. Mas disfarçou sua mágoa quando se lembrou de que fora ele próprio que insistira que adquirissem esse camarote e o frequentassem, porque se tratava de um deleite estético, educativo para os filhos.

Prascóvia Fiódorovna entrou, satisfeita consigo mesma, mas parecendo culpada. Sentou-se um pouco, perguntou por sua saúde, obviamente só por perguntar e não para saber, consciente de que não havia nada para fazer, e pôs-se a falar sobre o que lhe parecia necessário: que ela não iria de modo algum, mas que o camarote já estava comprado, e que iam Helen, e a filha, e Petróvitch (o juiz de instrução pretendente da filha), e que não era possível deixá-los irem sozinhos. E que, para ela, seria tão mais agradável ficar ali junto dele. E que ele não deixasse de cumprir as prescrições do médico na sua ausência.

— Sim, e Fiódor Petróvitch (o noivo) gostaria de entrar. Pode? E Lisa também.

— Que entrem.

Entrou a filha, engalanada, o jovem corpo desnudado, aquele corpo que tanto o fazia sofrer. E ela o exibia. Forte, sadia, obviamente enamorada e indignada com a doença, o sofrimento e a morte, que perturbavam a sua felicidade.

Entrou também Fiódor Petróvitch, de fraque, cabelos frisados à Capoul, o pescoço comprido de veias salientes apertado em alvo colarinho, enorme peitilho branco, as panturrilhas musculosas espremidas em calças pretas muito justas, uma luva branca calçada e cartola-claque na cabeça.

Atrás dele esgueirou-se, quase imperceptível, também o pequeno ginasiano, de uniforme novo, coitadinho, de luvas, e horríveis olheiras roxas, cujo significado Iván Ilitch conhecia. O filho sempre lhe causou pena. E era assustador o seu aspecto amedrontado e compadecido. Além de Guerássim, parecia a Iván Ilitch que somente Vássia[6] o compreendia e se apiedava dele.

Todos se sentaram, tornaram a indagar-lhe pela saúde. Fez-se um silêncio. Lisa perguntou à mãe sobre o binóculo. Começou uma discussão entre mãe e filha sobre quem o guardou e onde. O ambiente ficou desagradável.

Fiódor Petróvitch quis saber se ele, Iván Ilitch, já vira Sarah Bernhardt. Iván Ilitch não entendeu logo o que lhe perguntavam, mas depois disse:

— Não. E o senhor já a viu?

— Sim, em Adrienne Lecouvreur.

Prascóvia Fiódorovna disse que ela era especialmente boa em tal e tal papel. A filha a contradisse. Encetou-se uma conversa sobre a elegância e o realismo dos seus desempenhos — aquela mesma conversa, que costuma ser sempre igual.

---

6 N.T.: diminutivo de Vassili.

No meio da conversa, Fiódor Petróvitch olhou para Iván Ilitch e calou-se. Os outros também olharam e se calaram. Iván Ilitch tinha os olhos brilhantes fixos na sua frente, obviamente indignado com eles. Era preciso consertar isso, mas consertar era impossível. Era preciso encontrar um modo de quebrar esse silêncio. Ninguém ousava e todos receavam que, de repente, se esfacelasse de alguma forma a mentira decorosa, e a realidade se descortinasse diante de todos. Lisa decidiu-se primeiro. Ela rompeu o silêncio. Queria ocultar o que todos sentiam, mas teve um lapso.

— Entretanto, se é para irmos, então está na hora — disse ela, lançando um olhar para o seu relógio, presente do pai, com um sutil sorriso de cumplicidade com o rapaz, só por ele entendido, e levantou-se, fazendo farfalhar o vestido.

Todos se levantaram, despediram-se e partiram.

Quando eles saíram, pareceu a Iván Ilitch que se sentia melhor: a mentira não estava ali, fora-se com eles, mas a dor permanecera. Sempre a mesma dor, sempre o mesmo medo, não faziam com que nada ficasse nem mais leve nem mais pesado. Tudo pior.

Novamente sucedeu-se minuto após minuto, hora após hora, e sempre o mesmo, sem nunca terminar, e cada vez mais apavorante o inexorável fim.

— Sim, manda-me o Guerássim — respondeu ele a Piotr.

IX

Tarde da noite, regressou a mulher. Entrou nas pontas dos pés, mas ele a ouviu: abriu os olhos e tornou a fechá-los apressadamente. Ela quis mandar Gueróssim embora e ficar sozinha com ele. Mas Iván Ilitch abriu os olhos e disse:

— Não. Vai-te.

— Estás sofrendo muito?

— Tanto faz.

— Toma o ópio.

Ele concordou e tomou-o. Ela saiu.

Até umas três horas da madrugada ele permaneceu numa sonolência torturante. Parecia-lhe que o metiam à força, dolorosamente, num saco negro, estreito e fundo, e o empurravam mais e mais, e não conseguiam fazê-lo passar. E esta coisa pavorosa aconteceu com ele, causando-lhe muito sofrimento. E ele tinha medo, mas também desejava afundar-se ali, e ele lutava, resistia, ao mesmo tempo que ajudava. E eis que, de repente, ele se desprendeu e caiu, e despertou. Sempre o mesmo Gueróssim continuava sentado aos pés da cama, cochilando, tranquilo e paciente. Enquanto ele jazia de costas, com os pés emaciados, calçados de meias, levantados e apoiados nos ombros do criado; e a mesma vela com abajur, e a mesma dor interminável.

— Vai embora, Guerássim — sussurrou ele.

— Não é nada, eu fico mais um pouco.

— Não, vai-te.

Iván Ilitch tirou os pés, deitou-se de lado sobre o braço, e sentiu pena de si próprio. Esperou apenas que Guerássim saísse para o quarto vizinho, e não se conteve mais e desatou a chorar como uma criança. Chorava o seu desamparo, a sua atroz solidão, a crueldade das pessoas, a crueldade de Deus, a ausência de Deus.

"Para quê Tu fizeste tudo isso? Para quê me trouxeste aqui? Por quê, por que me torturas tão horrivelmente?..."

Não esperava resposta, e chorava porque não havia nem podia haver resposta. A dor recrudesceu de novo, mas ele não se moveu, não chamou. Dizia para si mesmo: "Pois bem, bate mais, então, bate! Mas por quê? O que Te fiz eu, por quê?".

Depois ele se aquietou, cessou não só de chorar, mas prendeu a respiração e fez-se todo atenção: como se tentasse escutar não uma voz que falava em sons, mas a voz da alma, o fluir dos pensamentos que se levantavam dentro dele.

— De que precisas? — foi a primeira noção clara, em palavras, que ele ouviu. — De que precisas? De que precisas tu? — repetia para si mesmo. — De quê? — Não sofrer. Viver — respondeu ele.

E novamente entregou-se inteiro à atenção, tão tensa, que nem a dor conseguia distraí-lo.

— Viver? Viver como? — perguntou a voz da alma.

— Sim, viver como eu vivia antes: bem, agradavelmente.

— Como vivias antes, bem e agradavelmente? — perguntou a voz. E ele começou a rever na imaginação os melhores momentos da sua vida agradável. Porém, coisa estranha, todos esses melhores momentos da vida agradável pareceram-lhe muito diferentes do que lhe pareciam na época. Todos, afora as primeiras lembranças da infância: Ali na infância, havia algo de verdadeiramente agradável, com o que se poderia viver, se isso voltasse. Mas aquele ente que vivera esse algo agradável já não existia: era como se fosse a recordação de alguma outra pessoa.

Tão logo começava aquilo, cujo resultado era ele, o Iván Ilitch de hoje, todas as pretensas alegrias de então derretiam-se agora diante dos seus olhos e transformavam-se em algo mesquinho e, muitas vezes, repugnante.

E, quanto mais distantes da infância, quanto mais próximas do presente, tanto mais mesquinhas e duvidosas eram aquelas alegrias. Isso começava nos estudos de Direito. Ali ainda havia algo de verdadeiramente bom: havia alegria, havia amizade, havia esperança. Mas, nas classes mais adiantadas, já rareavam esses bons momentos. Mais tarde, na época do primeiro emprego junto ao governador, surgiram novamente bons momentos: eram as recordações do amor por uma mulher. Depois disso, tudo se misturou, e as coisas foram diminuindo. E, adiante, cada vez menos o que era bom, e, quanto mais adiante, tanto menos.

O casamento... tão por acaso, e a desilusão, e o mau hálito da mulher, e a sensualidade, e o fingimento! E esse serviço morto, e essa preocupação com o dinheiro, e assim um ano, e dois, e dez, e vinte — sempre o mesmo. E, quanto mais adiante, tanto mais morto. Como se constantemente eu estivesse descendo a encosta da montanha, na ilusão de que a estava galgando. E era assim mesmo. Na opinião pública eu estava subindo, na mesma medida em que a vida escapava debaixo de mim... E agora, pronto, morra!

Mas, então, o que é isso? Para quê? Não pode ser que a minha vida tenha sido tão sem sentido, tão repulsiva! Mas, se é verdade que ela foi tão miserável e sem sentido, então para quê morrer, e morrer sofrendo? Algo não está certo. "Quem sabe eu não vivi como devia?", vinha-lhe súbito à mente. "Mas como assim, não como devia, se eu fiz tudo como era devido?", dizia-se ele: e, imediatamente, enxotava de si, como algo totalmente impossível, essa única solução de todo o enigma da vida e da morte.

Então o que tu queres agora? Viver? Viver como? Viver como tu vives no tribunal, quando o oficial de diligências proclama: "O julgamento começou!... O julgamento começou, começou o julgamento", repetia para si mesmo. "Ei-lo, o julgamento! Mas eu não sou culpado!", exclamou ele, com raiva. "Por quê?", e Iván Ilitch parou de chorar e, de rosto voltado para a parede, pôs-se a pensar sempre na mesma coisa. Para quê, por que todo esse horror?

Mas, por mais que pensasse, não encontrava resposta. E quando lhe vinha, como vinha com frequência, a ideia de que tudo isso lhe acontecia porque não viveu como devia, imediatamente relembrava toda a correção da sua vida, e repelia essa ideia estranha.

X

Passaram mais duas semanas. Iván Ilitch já não se levantava do sofá. Não queria ficar deitado na cama e ficava no sofá. E, deitado quase sempre com o rosto virado para a parede, sofria solitário sempre os mesmos sofrimentos insolúveis, e solitário pensava sempre os mesmos insolúveis pensamentos. O que é isso? Será verdade que é a morte? E a voz interior lhe respondia: "Sim, é verdade". Para quê essas torturas? E a voz respondia: "É assim mesmo, para nada". E, além disso, não havia mais nada.

Desde o início da doença, desde quando Iván Ilitch foi ao médico pela primeira vez, sua vida dividiu-se em dois estados de espírito opostos, que se alternavam: ora o desespero e a expectativa da morte incompreensível e horrenda, ora a esperança e a observação muito atenta das funções do seu corpo; ora tinha diante dos olhos o rim ou o apêndice, que temporariamente se furtavam ao cumprimento das suas obrigações, ora era somente a morte incompreensível e medonha, da qual nada podia livrá-lo.

Esses dois estados de espírito alternavam-se desde o começo da doença; mas quanto mais a doença progredia, mais duvidosas e fantásticas iam ficando as elucubrações sobre o rim, e mais real a consciência da morte iminente.

Bastava lembrar-se do que ele fora três meses atrás, e o que era agora; lembrar-se da regularidade com que resvalava encosta abaixo, para destruir qualquer vislumbre de esperança.

Nos últimos tempos da solidão em que se encontrava, de rosto voltado para o encosto do sofá, aquela solidão no meio da cidade populosa e dos seus inúmeros conhecidos, amigos e familiares — uma solidão tamanha, que mais completa que esta não poderia haver outra em lugar algum, nem no fundo do mar nem nas entranhas da terra —, nos últimos tempos dessa terrível solidão, Iván Ilitch vivia tão somente com a imaginação no passado. Um após o outro apresentavam-se os quadros do seu passado. Começava sempre pelo mais próximo no tempo e culminava no mais longínquo, na infância, e lá parava. Se Iván Ilitch se lembrava das ameixas pretas cozidas que lhe deram para comer hoje, recordava-se logo das ameixas francesas, enrugadas, cruas e secas da sua infância, do seu sabor especial e da abundante saliva quando chegava ao caroço; e, ao lado da recordação desse sabor, surgia toda uma série de lembranças daquele tempo: a babá, o irmão, os brinquedos. "Não devo pensar nisso, dói demais", dizia para si mesmo Iván Ilitch, e se transportava de novo para o presente. Um botão no encosto do sofá e as rugas do marroquim. "O marroquim é caro, é frágil: tivemos uma altercação por causa dele. Mas houve outro marroquim, outra reprimenda, quando nós rasgamos a pasta do papai e fomos castigados, mas a mamãe nos trouxe bolinhos." E novamente ele parava na infância, e novamente isso lhe era doloroso, e Iván Ilitch procurava afastar essas lembranças e pensar em outra coisa.

E, logo em seguida, ao lado dessa sequência de recordações, vinha outra série de lembranças à sua mente — sobre como se agravava e crescia a sua doença. Da mesma forma, quanto mais distantes no tempo, mais vida havia nessas lembranças. Havia muitas coisas boas na vida, e mais vida propriamente dita. Uma coisa e outra se fundiam. "Como os meus tormentos vão de mal a pior, assim a própria vida, toda ela, vai de mal a pior", pensava ele. Um único ponto luminoso, lá atrás, no começo da vida, e depois tudo se tornava cada vez mais negro e mais negro, mais rápido e mais rápido. "Inversamente proporcional ao quadrado da distância da morte", pensou Iván Ilitch. E essa imagem da pedra rolando para baixo em velocidade sempre crescente alojou-se na alma. A vida, a série crescente de sofrimentos, precipitava-se cada vez mais e mais depressa para o fim, o sofrimento mais terrível.

"Estou caindo, voando..." Ele estremecia, mexia-se, queria resistir; mas já sabia que resistir não era mais possível e, novamente, com olhos cansados de olhar, mas incapazes de não olhar para o que estava na sua frente, fitava o encosto do sofá e esperava — esperava por aquela queda medonha, o empurrão e a destruição. "Impossível resistir", dizia ele. "Mas se ao menos eu pudesse compreender para quê tudo isso... E nem isso é possível. Seria explicável, se eu pudesse dizer que não vivi como devia. Mas isso não se pode admitir de modo algum", pensava, relembrando toda a legalidade, correção e decoro da sua vida. "Isso não se pode admitir de maneira alguma", repetia, sorrindo só com os lábios, como se alguém pudesse ver esse sorriso e deixar-se enganar por ele. "Não existe explicação! Tortura, morte... Para quê?"

XI

Assim passaram duas semanas. Durante essas duas semanas deu-se um acontecimento desejado por Iván Ilitch e sua mulher: Petróvitch fez o seu pedido formal. Isso aconteceu à noite. No dia seguinte, Prascóvia Fiódorovna foi ao quarto do marido, pensando em como comunicar-lhe o pedido de Fiódor Petróvitch, mas nessa mesma noite o estado de Iván Ilitch sofreu nova mudança para pior. Prascóvia Fiódorovna encontrou-o deitado no mesmo sofá, mas em outra posição. Estendido de costas, gemia e tinha os olhos fixos na sua frente.

Ela começou a falar dos remédios. Ele passou a olhar para ela. Ela não terminou de dizer o que começara, tamanha era a raiva, justamente contra ela, que se expressava naquele olhar.

— Pelo amor de Cristo, deixe-me morrer em paz — disse ele.

Ela quis ir embora, mas nesse momento entrou a filha e aproximou-se para cumprimentá-lo. Ele olhou para a filha como olhara para a mãe e, às perguntas sobre a sua saúde, respondeu secamente que logo os livraria a todos da sua presença. As duas calaram-se, ficaram mais um pouco e saíram.

— De que somos culpadas, nós duas? — perguntou Lisa à mãe. — Como se lhe tivéssemos feito isso! Tenho pena de papá, mas por que ele quer nos atormentar?

Na hora costumeira, chegou o doutor. Iván Ilitch respondia-lhe "sim, não", sem desviar dele o olhar raivoso, e por fim disse:

— Mas o senhor bem sabe que não há mais nada a fazer, então deixe-me em paz.

— Aliviar seus sofrimentos, isso não podemos — disse o doutor.

— Não pode nem isso; deixe-me.

O doutor saiu para a sala de visitas e comunicou a Prascóvia Fiódorovna que o marido estava muito mal e que o único meio de aliviar seus sofrimentos, que deviam ser atrozes, era o ópio.

O doutor dizia que seus sofrimentos físicos eram atrozes, e falava a verdade; mas mais atrozes que seus sofrimentos físicos eram seus sofrimentos morais, e nisso residia seu pior tormento.

Seus sofrimentos morais consistiam em que, naquela noite, olhando para o rosto de maxilares salientes, sonolento e bondoso de Guerássim, súbito veio-lhe à mente: "E se de fato toda a minha vida, a vida consciente, não foi 'como devia ter sido'?".

Veio-lhe à mente que o que lhe parecera sempre totalmente impossível, isto é, que ele vivera toda a sua vida não como deveria tê-la vivido, poderia ser verdade. Veio-lhe à mente que aqueles quase imperceptíveis impulsos que sentira para lutar contra o que era considerado bom por pessoas altamente situadas, impulsos quase imperceptíveis, e que ele, *in continenti*, afastava de si — que justamente esses impulsos podiam ter sido os verdadeiros, e tudo o mais podia ter sido errado. Tanto o seu trabalho, e seu modo de vida, e sua família, e todos esses interesses da sociedade e do serviço — tudo isso podia ter sido um equívoco. Ele tentou defender tudo isso perante si mesmo. E, súbito, percebeu toda a fragilidade daquilo que defendia. E não havia nada para defender.

"Mas, se é assim", disse ele consigo, "eu deixo a vida com a consciência de ter destruído tudo o que me foi dado, e não há como repará-lo; então o que me resta?". Pôs-se de costas e começou a examinar sua vida inteira de forma totalmente diversa. E, quando, de manhã, viu o criado, depois a mulher, depois a filha, depois o médico — cada um dos seus movimentos, cada palavra sua, confirmava para ele a terrível verdade que se lhe revelara durante a noite. Revia neles tudo o que fora a sua vida, e percebia que tudo aquilo estava errado, que tudo aquilo fora um horrendo, um enorme equívoco, que encobria tanto a vida como a morte. Essa consciência aumentou, decuplicou seus sofrimentos físicos. Ele gemia e se agitava e repuxava a roupa sobre o corpo, pois lhe parecia que ela o sufocava e oprimia. E por isso ele odiava a todos.

Deram-lhe uma forte dose de ópio, e ele adormeceu; mas, na hora do jantar, tudo recomeçou: enxotava todos e se debatia de um lado para o outro.

A mulher veio ter com ele e disse:

— *Jean*, meu querido, faz isso por mim (por mim?). Não pode fazer mal e às vezes pode ajudar. Ora, isso não é nada. Mesmo os sãos, muitas vezes...

Ele abriu muito os olhos.

— O quê? Comungar? Para quê? Não precisa! Mas de resto...

Ela começou a chorar.

— Sim, meu amigo. Vou chamar o nosso, ele é tão gentil.

— Ótimo, está muito bem — articulou ele.

Quando chegou o sacerdote e ele se confessou, descontraiu-se, sentiu como se fosse um alívio para as suas dúvidas e, em consequência disso, dos sofrimentos, veio-lhe um minuto de esperança. Recomeçou a pensar no apêndice e na possibilidade de consertá-lo. Comungou com lágrimas nos olhos.

Quando o deitaram depois da comunhão, ele teve um momento de alívio, e novamente surgiu a esperança de vida. Pôse a pensar de novo na operação que fora sugerida. Viver, quero viver — dizia consigo mesmo. A mulher veio felicitá-lo com palavras habituais e acrescentou:

— Não é verdade que estás melhor?

Ele, sem encará-la, respondeu:

— Sim.

A roupa da esposa, sua postura, a expressão do seu rosto, o som da sua voz — tudo lhe dizia uma única coisa: "Está errado. Tudo o que tem sido e o que é a tua vida é mentira, engodo, que escondem de ti a vida e a morte". E, ao pensar assim, sentiu ressurgir o seu ódio e, com o ódio, os torturantes sofrimentos físicos e, com os sofrimentos, a consciência da inexorável, inevitável, morte iminente. Surgiu algo novo: sentia verrumas e fisgadas e a respiração sufocada.

A expressão do seu rosto, quando emitiu esse "sim", era pavorosa. Ao pronunciar esse "sim", fitando-a direto no rosto, ele, com uma rapidez surpreendente para o seu estado de fraqueza, virou-se de bruços e gritou:

—Sai! Sai! Deixa-me.

XII

Desde aquele momento começaram aqueles gritos ininterruptos, durante três dias, gritos tão medonhos que não era possível, através de duas portas, ouvi-los sem horror. No mesmo momento em que respondeu à mulher, ele compreendeu que estava perdido, que não havia volta, que chegara o fim, o fim definitivo, e que a dúvida ficara sem solução e assim permaneceria, sem solução.

— Oo! Ooo! O! — gritava ele, em entonações diversas. Começara a gritar "Não quero!", e continuava a gritar assim, com o som final de "o".

Por três dias, durante os quais o tempo não existia para ele, Iván Ilitch debateu-se naquele saco negro, no qual o enfiava uma força invisível e invencível. Debatia-se como se debate nas mãos do algoz o condenado à morte, sabendo que não pode se salvar; e, a cada minuto, sentia que, não obstante todos os esforços da sua luta, ele se aproximava cada vez mais e mais daquilo que o apavorava. Sentia que seu tormento estava tanto em ser forçado a se meter naquele buraco negro como, ainda, no fato de não conseguir penetrar nele. E o que o impedia era a convicção de que a sua vida tinha sido boa. Essa justificativa da sua vida era o que o prendia e não o deixava avançar e o torturava mais que tudo.

Súbito uma força estranha golpeou-o no peito e no lado, oprimiu-lhe mais ainda a respiração: ele precipitou-se no buraco e lá, bem no fundo, surgiu um brilho. Aconteceu-lhe naquele momento o que lhe acontecia às vezes no vagão do trem de ferro, quando pensava estar avançando, enquanto, de fato, andava para trás, mas, de repente, reconhecia a direção correta.

"Sim, não era nada disso", disse para si mesmo. "Mas não importa. É possível, pode-se fazer 'isso'. Mas o que é 'isso'?", perguntou-se e, subitamente, aquietou-se.

Isso foi no fim do terceiro dia, uma hora antes da sua morte. Nesse exato momento, o pequeno ginasiano esgueirou-se para junto do pai e aproximou-se do seu leito. O moribundo continuava a gritar desesperadamente, agitando os braços. Uma mão atingiu a cabeça do menino. O pequeno ginasiano agarrou-a, apertou-a aos lábios e começou a chorar.

Nesse mesmo instante, Iván Ilitch despenhou-se, viu a luz e foi revelado para ele que sua vida não fora nada do que deveria ter sido, mas que ainda era possível corrigi-la. Perguntou-se: "Mas, o que é 'isso'?", e aquietou-se, à escuta. Aí ele percebeu que alguém lhe beijava a mão. Abriu os olhos e viu o filho. Sentiu pena dele. A mulher aproximou-se e ele olhou para ela. Ela, de boca aberta, lágrimas escorrendo pelo nariz e pelas faces, fitava-o com expressão desesperada. Ele sentiu pena dela.

"Sim, eu os torturo", pensou. "Eles têm dó de mim, mas será melhor para eles quando eu morrer." Quis dizer isso, mas não teve forças para falar. "De resto, para quê falar, é preciso fazer", pensou. Com os olhos, ele indicou o filho à mulher e disse:

— Leva-o... pena dele... de ti também... Quis ainda dizer "Perdoa", mas disse "Deixa passar"[7], e desistiu com um gesto da mão, sabendo que seria entendido por quem devesse entendê-lo.

E, de repente, tornou-se claro para ele que aquilo que o atormentava e não saía subitamente saía tudo de uma só vez, e de dois lados, de dez lados, de todos os lados. "Tenho pena deles, é preciso fazer com que isso não lhes doa mais. Libertá-los e libertar-me destes sofrimentos. Como é bom, como é simples", pensou ele. "E a dor?", perguntou-se. "Como é? Então, dor, onde estás?"

Ficou muito atento.

"Sim, ei-la! E daí? Deixa que doa."

"E a morte? Onde está ela?"

Ele procurava o seu antigo e costumeiro pavor da morte e não o encontrava. Onde está ela? Que morte? Não havia pavor nenhum, porque não havia morte.

Em vez de morte havia luz.

— Então é isso! — disse ele de repente, em voz alta. — Que alegria!

Para ele tudo isso passou num só instante, e o significado desse instante já não mudaria mais. Para os presentes, entretanto, a sua agonia durou ainda duas horas. Do seu peito escapavam estertores; seu corpo emaciado estremecia. Depois ficaram cada vez mais espaçados os estertores e os arquejos.

— Acabou-se! — disse alguém debruçado sobre ele.

---

7 N.T.: em russo, "perdoa" é *prostí*, e "deixa passar" é *propustí*.

Iván Ilitch ouviu essas palavras e repetiu-as na sua alma. "Acabou-se a morte", disse consigo mesmo. "Ela não existe mais."

Inspirou o ar, parou no meio do suspiro, entesou-se e morreu.

SENHOR E SERVO

I

Foi na década de 1870, no dia seguinte à S. Nicolau de inverno. Havia festa na paróquia da aldeia, e o negociante da segunda guilda, Vassili Andrêitch Brekhunóv, não podia se ausentar: tinha de estar na igreja — da qual era curador — e, em casa, devia receber e recepcionar parentes e conhecidos. Mas eis que os últimos visitantes partiram, e Vassili Andrêitch começou imediatamente a se preparar para viajar à propriedade vizinha, em visita ao dono, a fim de ultimar a compra de um bosque, há muito já conversada. Vassili Andrêitch apressava-se para que os comerciantes da cidade não lhe arrebatassem esse vantajoso negócio. O jovem proprietário pedia dez mil rublos pelo bosque, só que Vassili Andrêitch lhe oferecia sete mil. E sete mil representavam apenas um terço do valor real do bosque. Vassili Andrêitch talvez até conseguisse arrancar-lhe ainda mais um abatimento, já que o bosque se encontrava na sua circunscrição, e entre ele e os comerciantes rurais da redondeza existia um trato antigo, segundo o qual um comerciante não aumentava o preço no distrito do outro. Mas, como Vassili Andrêitch soubera que os comerciantes de madeira da cidade se dispunham a vir negociar o bosque de Goriátchkino, resolveu partir imediatamente, a fim de fechar o acordo com o proprietário. Por isso, assim que a festa terminou, ele tirou do cofre setecentos rublos do seu próprio dinheiro, acrescentou os dois mil e trezentos da caixa da igreja que estavam com ele, formando assim três mil rublos, e, após contá-los meticulosamente e guardá-los na carteira, preparou-se para partir.

O serviçal Nikita, naquele dia o único não embriagado dos trabalhadores de Vassili Andrêitch, correu para atrelar os cavalos. Nikita, que era um beberrão, não estava intoxicado naquele dia porque, desde a vigília, quando perdeu na bebida seu casaco e suas botas de couro, fez promessa de não beber e já não bebia há dois meses. Não bebera também agora, apesar da tentação do vinho ingerido por toda a parte, nos primeiros dois dias do feriado.

Nikita era um mujique[1] de cinquenta anos de idade, da aldeia vizinha, um "não dono", como diziam dele, que passara a maior parte da vida fora da sua própria casa, a serviço de terceiros. Era estimado por todos pela sua operosidade, destreza e força no trabalho, mas, principalmente, pela índole bondosa e afável. Só que ele não parava em emprego algum, porque umas duas vezes por ano, às vezes até mais, caía na bebedeira, perdendo tudo o que tinha, até a roupa do corpo, e, porque, ainda por cima, ficava turbulento e brigão. Vassili Andrêitch também já o enxotara várias vezes, mas voltava a recebê-lo, em apreço pela sua honestidade, seu amor aos animais e, principalmente, por ele ser tão barato. Vassili Andrêitch pagava a Nikita não oitenta rublos, que era o que valia um trabalhador como ele, mas apenas uns quarenta, que, sem fazer as contas, entregava-lhe aos poucos e, mesmo assim, não em

---

1 N.T.: mujique — camponês russo.

dinheiro, mas em mercadorias, a preços altos do seu próprio armazém.

A mulher de Nikita, Marfa, que já fora uma campônia bonita e esperta, labutava na aldeia com o filho adolescente e duas rapariguinhas. Ela não chamava Nikita para voltar a morar em casa, em primeiro lugar porque vivia, já há uns vinte anos, com um toneleiro e, em segundo, porque, embora lidasse com o marido como bem entendia quando ele se achava sóbrio, tinha medo dele quando embriagado. Certa vez, tendo-se embebedado em casa, decerto para se vingar da mulher pela sua humildade quando sóbrio, Nikita arrombou a arca de Marfa, retirou as suas melhores roupas e, com um machado, reduziu a tiras, sobre um cepo, todos os vestidos e trajes festivos da mulher.

O ordenado ganho por Nikita ficava todo com ela, e Nikita não se opunha a isso. Também agora, dois dias antes da festa, Marfa procurou Vassili Andrêitch e levou do seu armazém farinha branca, chá, açúcar e meio garrafão de vinho, no valor de uns três rublos. E ainda pegou cinco rublos em dinheiro, agradecendo como se isso fosse uma concessão especial, quando de fato Vassili Andrêitch é quem lhe devia uns bons vinte rublos.

— Nós não fizemos trato nenhum, fizemos? — dizia Vassili Andrêitch a Nikita. — Se precisas de alguma coisa, leva, acertaremos depois. Eu não sou como os outros: longas esperas, e contas, e multas. Conosco é na base da honra. Tu me serves e eu não te abandono.

E, dizendo isso, Vassili Andrêitch acreditava sinceramente que beneficiava Nikita: sabia falar de um modo tão convincente que as pessoas que dependiam do seu dinheiro, a começar por Nikita, concordavam e apoiavam-no na sua convicção de que ele não as enganava, mas lhes prestava benefícios. — Mas eu compreendo, Vassíli Andrêitch. Acho que eu me esforço, que te sirvo como ao próprio pai. Compreendo muito bem — respondia Nikita, percebendo perfeitamente que Vassíli Andrêitch o enganava, mas sentindo ao mesmo tempo que não adiantava sequer tentar esclarecer as contas com o patrão, já que precisava viver e, enquanto não havia outro emprego, tinha de aceitar o que lhe davam.

Agora, ao receber do patrão a ordem de atrelar, Nikita, como sempre alegre e de boa vontade, saiu com o passo leve e animado dos seus pés pisando como patas de ganso e dirigiu-se ao galpão, onde tirou do prego um pesado bridão de couro com pingentes e, tilintando com as barbelas do freio, encaminhou-se para a estrebaria, onde estava o cavalo que Vassíli Andrêitch mandara atrelar.

— Como é, estás entediado, estás, bobinho? — dizia Nikita, respondendo ao fraco relincho de saudação com que o recebeu o guapo potro Baio, forte, de porte médio e ancas um tanto caídas, que se encontrava sozinho na cocheira. — Êi, êi, terás tempo, deixa-me dar-te de beber primeiro — falava ele com o animal, como se fala com um ser humano que entende as palavras. E, tendo espanado com a aba do casaco o dorso médio, de pelagem um tanto poída e empoeirada do animal, colocou a brida na bela cabeça jovem do potro, livrou-lhe a franja da crina e das orelhas, e conduziu-o ao bebedouro.

Saindo cautelosamente da estrebaria cheia de esterco, o Baio pôs-se a caracolar e a escoicear, fingindo querer atingir com a pata traseira a Nikita, que trotava ao seu lado em direção ao poço.

— Brinca, reina, maroto! — repetia Nikita, que já conhecia o cuidado com que o Baio jogava a pata traseira só para tocar de leve o seu casaco ensebado, sem atingi-lo, e achava muita graça nessa travessura.

Tendo-se fartado de água fresca, o cavalo suspirou, movendo os beiços molhados, fortes, dos quais pingavam no cocho grandes gotas transparentes, e aquietou-se, como que pensativo; depois, de repente, soltou um forte bufido.

— Pois se não queres, pior para ti, depois não me peças mais — disse Nikita, explicando com toda a seriedade seu comportamento ao Baio. E correu de novo para o galpão, puxando pela brida o alegre potro, que, saltitante e turbulento, escoiceava por todo o pátio.

Dos outros empregados, não estava ninguém; havia um, de fora, o marido da cozinheira que chegara para a festa.

— Vai e pergunta, meu querido — disse-lhe Nikita —, qual dos trenós o patrão quer que atrele, o grandão ou o pequenino?

O marido da cozinheira entrou na casa de telhado de ferro e fundações altas, e logo voltou com a informação de que a ordem era atrelar o trenó pequeno. Nesse ínterim, Nikita já colocara a colhera e a sela guarnecida de tachinhas. Em seguida, carregando numa das mãos a leve *dugá*[2] pintada e guiando o cavalo com a outra, aproximou-se dos dois trenós estacionados ao lado do galpão.

— Se tem de ser o pequenino, será o pequenino — disse ele, e colocou entre as lanças o esperto cavalo, que fingia o

---

2 N.T.: *dugá* — arco de madeira que segura as lanças de um trenó ou carro.

tempo todo querer mordê-lo, e, com a ajuda do marido da cozinheira, começou a atrelá-lo.

Quando tudo estava pronto e só faltavam as rédeas, Nikita mandou o marido da cozinheira ao galpão buscar palha e uma manta.

— Assim está bom. Vamos, vamos, quieto, sossega! — dizia Nikita, amassando no trenó a palha de aveia fresca. — E agora vamos forrar tudo com estopa e cobrir com a manta, desse jeito, assim vai ficar bom para sentar — dizia ele, fazendo o que falava, enquanto ia ajeitando a manta em cima da palha, por todos os lados, em volta do assento.

— Muito grato, meu querido — disse Nikita ao marido da cozinheira. — Em dois tudo vai mais ligeiro. E, separando as rédeas de couro, com argolas unidas nas pontas, Nikita subiu para a boleia e conduziu o impaciente animal, pelo esterco congelado, do pátio até o portão.

— Tio Nikita, tiozinho, ó tiozinho! — gritou-lhe no encalço, com voz fininha, um menino de sete anos, de pelicinha preta, botas novas de feltro branco e gorro quente, correndo do vestíbulo para o pátio. — Me põe aí também — pedia ele, abotoando o casaquinho enquanto corria.

Passava das duas horas. Fazia frio, uns dez graus negativos. O dia estava nublado e ventava. Metade do céu estava encoberta por uma nuvem baixa e escura. Mas o pátio estava calmo, enquanto na rua o vento se fazia sentir mais forte; varria a neve do telhado do galpão vizinho e, na esquina, junto à casa de banhos, formava redemoinhos.

Nem bem Nikita atravessou o portão e levou o cavalo para a estrada da casa, quando Vassili Andrêitch, de cigarro na boca e peliça de carneiro com a pelagem para dentro e cingida por

SENHOR E SERVO 113

um cinturão baixo e apertado, saiu do vestíbulo e, fazendo ranger a neve amassada sobre o degrau alto da entrada debaixo das suas botas de feltro forradas de couro, parou. Tragou o resto do cigarro, que atirou ao chão, pisou, e, soltando fumaça por entre os bigodes e olhando de soslaio para o cavalo que saía, pôs-se a ajeitar as pontas da gola de peliça em volta do rosto corado e todo escanhoado, com exceção do bigode, para que a pelagem não umedecesse com a sua respiração.

— Vejam só que espertinho, chegou na frente! — disse ele, vendo o filhinho no trenó. Vassili Andrêitch, estimulado pelo vinho que bebera com as visitas, estava ainda mais contente com tudo o que lhe pertencia e com tudo o que fazia. A visão do filho, que em pensamento ele sempre chamava de herdeiro, dava-lhe grande prazer, e agora ele contemplava o menino, apertando os olhos e sorrindo com os dentes compridos à mostra.

Enrolada no xale até a cabeça, de modo que só seus olhos estavam visíveis, grávida, pálida e magra, a mulher de Vassili Andrêitch despedia-se dele no vestíbulo.

— Realmente, seria bom que levasses Nikita contigo — dizia ela, adiantando-se timidamente por detrás da porta.

Vassili Andrêitch, sem responder às suas palavras, que lhe eram visivelmente desagradáveis, franziu o cenho e cuspiu, irritado.

— Tu vais viajar com dinheiro — continuava a mulher no mesmo tom lamuriento. — E também o tempo pode piorar, verdade mesmo...

— Ora essa, será que eu não conheço o caminho para sempre precisar de acompanhante? — retrucou Vassili Andrêitch com um trejeito forçado dos lábios, como costumava falar com vendedores e compradores, escandindo cada sílaba com especial clareza.

— Por favor, leva-o contigo, eu te suplico, por Deus! — repetiu a mulher, enrolando-se no xale, friorenta.

— Mas como se agarra, parece um grude!... E para onde eu vou levá-lo?

— Pronto, Vassili Andrêitch, estou pronto — disse Nikita, alegremente. — Tomara que, sem mim, não esqueçam de dar de comer aos cavalos — acrescentou dirigindo-se à patroa.

— Vou cuidar disso, Nikítuchka, vou encarregar o Semión — disse a patroa.

— Então, como é, eu vou junto, Vassili Andrêitch? — perguntou Nikita, esperando.

— Ora, acho que sim, precisamos agradar à velha. Mas, se vens comigo, vais vestir alguma fatiota mais quente — falou Vassili Andrêitch sorrindo de novo e piscando os olhos para a meia peliça de Nikita, rasgada nas costas e nas axilas, de bainha esgarçada qual franja, ensebada e amarrotada, que já passara por umas e outras.

— Ói, meu querido, vem segurar o cavalo um instante — gritou Nikita para o marido da cozinheira, no pátio.

— Eu seguro, eu mesmo seguro — guinchou o menino, tirando dos bolsos as mãozinhas vermelhas e geladas, para agarrar o couro frio das rédeas.

— Mas não fiques alisando demais a tua fatiota, vai rápido! — gritou Vassili Andrêitch, troçando de Nikita.

— Vou num fôlego, paizinho Vassili Andrêitch — falou Nikita, e correu para o pátio, pisando ligeiro, com os bicos das suas velhas botas de feltro virados para dentro, para a *isbá*[3] da criadagem.

— Vamos, Arinuchka, pega a minha bata de cima da estufa, vou viajar com o patrão! — falou Nikita, entrando na *isbá* e tirando seu cinto do prego.

A cozinheira, que já descansara da sesta depois do almoço e estava esquentando o samovar para o chá do marido, recebeu Nikita alegremente e, contagiada pela sua urgência, mexeu-se ligeira: alcançou em cima da estufa o caftan de lã ruinzinho e surrado que lá secava e pôs-se a sacudi-lo e alisá-lo apressadamente.

— Agora sim, vais ficar à vontade para te divertires com o teu marido — disse Nikita à cozinheira, como sempre dizendo alguma coisa, por bonachona cortesia, à pessoa com quem se encontrava a sós.

E, passando em volta do corpo o cintinho estreito e gasto, encolheu até não poder mais a barriga já por si afundada, e apertou-o por cima da meia peliça com toda a força.

— Agora sim — disse ele, já não se dirigindo mais à cozinheira, mas ao cinto, dando um nó em suas pontas. — Assim não escaparás mais. E, movendo os ombros para cima e para baixo, a fim de dar liberdade aos braços, vestiu o roupão por cima de tudo, forçou outra vez o dorso para soltar os braços, afrouxou-os nas axilas e apanhou na prateleira as luvas de dedão. — Agora está tudo bem.

— Devias trocar de calçado, Nikita Stepánitch — disse a cozinheira. — As tuas botas estão bem ruinzinhas.

Nikita parou, como quem se lembra.

---

3 N.T.: *isbá* — casa de camponês russo, geralmente de madeira.

— É, precisava... Mas vai passar assim mesmo, não vamos longe!

E saiu correndo para o pátio.

— Não ficarás com frio, Nikítuchka? — disse a patroa quando ele se aproximou do trenó.

— Qual frio, está até quente — respondeu Nikita, ajeitando a palha no trenó, para cobrir os pés com ela, e enfiando debaixo dela o chicote, desnecessário para o bom cavalo.

Vassili Andrêitch já estava sentado na boleia, ocupando, com suas espáduas cobertas por duas peliças, quase toda a traseira curva do veículo, e, no mesmo instante, pegando as rédeas, fez o cavalo andar. Nikita subiu no trenó em movimento e acomodou-se na frente, do lado esquerdo, com uma perna para fora.

II

O bom potro puxou o trenó e, com um leve ranger dos patins, partiu a passo ligeiro pela estrada lisa e gelada da aldeia.

— Onde foi que te penduraste? Passa-me cá o chicote, Nikita! — gritou Vassili Andrêitch, obviamente orgulhoso do herdeiro que se agarrara à traseira, sobre os patins do trenó. — Eu já te pego! Já-já para casa, para a mamãe, moleque!

O menino saltou do trenó. O Baio estugou a marcha e passou da andadura para o trote.

Na aldeia de Kresty, onde ficava a casa de Vassili Andrêitch, havia só seis casas. Assim que ultrapassaram a última *isbá*, a do ferreiro, perceberam logo que o vento era bem mais forte do que lhes parecera. Já quase não se via a estrada. As marcas dos patins eram imediatamente cobertas pela neve varrida, e só era possível distinguir o caminho porque ficava mais alto que o resto do lugar. A neve girava por todo o campo e não se vislumbrava aquela linha que junta a terra ao céu. A floresta de Teliátino, sempre bem visível, só de raro em raro pretejava através da poeira da neve. O vento soprava do lado esquerdo, teimosamente, fazendo voar para o mesmo lado a crina do pescoço ereto do Baio e a sua farta cauda, amarrada num simples nó. A gola comprida de Nikita, sentado do lado do vento, aplastava-se contra o seu rosto e o seu nariz.

— Ele não consegue correr de verdade, está nevando — disse Vassili Andrêitch, orgulhoso do seu bom cavalo. — Certa vez fui com ele para Pachútino, e conseguimos chegar lá em meia hora.

— O quê? — perguntou Nikita, que não o ouvira por causa da gola.

— Estou dizendo que cheguei a Pachútino em meia hora — gritou Vassili Andrêitch.

— Nem se fala, é um cavalo e tanto! — disse Nikita.

Ficaram calados por um tempinho. Mas Vassili Andrêitch tinha vontade de falar.

— Então, eu não mandei que tua mulher não desse bebida ao toneleiro? — perguntou Vassili Andrêitch com a mesma voz alta, convencido de que para Nikita devia ser lisonjeiro conversar com um homem importante e inteligente como ele, e tão satisfeito ficou com a sua pilhéria que nem lhe passou pela cabeça que essa conversa podia ser desagradável a Nikita.

Mas, de novo, Nikita não ouviu as palavras do patrão, levadas pelo vento.

Vassili Andrêitch repetiu, com a sua voz alta e clara, o chiste sobre o toneleiro.

— Deixa pra lá, Vassili Andrêitch, eu não me intrometo nessas coisas. Só quero que ela não maltrate o garoto, o resto não me importa.

— É isso mesmo — disse Vassili Andrêitch. E, puxando um novo assunto: — Mas, como é, vais comprar um cavalo na primavera?

SENHOR E SERVO 119

— Não dá pra escapar disso — respondeu Nikita, afastando a gola do caftan e inclinando-se para o patrão.

Agora a conversa já interessava a Nikita, e ele queria ouvir tudo.

— O menino já está crescido, tem de arar sozinho, sem gente alugada — acrescentou.

— Pois, então, que fiquem com o desancado, não vou cobrar caro! — exclamou Vassili Andrêitch, sentindo-se estimulado e retomando sua ocupação predileta — mercadejar —, a qual absorvia todas as suas forças.

— Quem sabe o senhor me dá uns quinze rublos, e eu vou comprar um na feira equina — disse Nikita, sabendo bem que o preço do cavalo que Vassili Andrêitch queria lhe impingir era de uns sete rublos, mas que, entregando-lhe esse cavalo, Vassili Andrêitch o avaliaria em uns vinte e cinco rublos, e então ele já não veria dinheiro algum por meio ano.

— O cavalo é bom, eu só quero o melhor para ti, é como se fosse para mim mesmo. Conscientemente. Brekhunóv não prejudica pessoa alguma. O que é meu que se perca, eu não sou como os outros. Pela minha honra! — gritou com aquela voz com que engabelava vendedores e compradores. — É um cavalo de verdade!

— Está certo — disse Nikita suspirando, e, convencido de que nada mais havia para ouvir, largou a gola, que imediatamente lhe tapou a orelha e o rosto.

Viajaram calados por cerca de meia hora. O vento soprava no flanco e no braço de Nikita, através do rasgão na peliça. Ele se encolhia e bafejava para dentro da gola que lhe fechava a boca, e não sentia frio no resto do corpo.

— O que achas, vamos por Karamychevo ou direto? — perguntou Vassili Andrêitch.

A viagem por Karamychevo seguia por uma estrada menos deserta, com bons marcos dos dois lados, porém mais longa. Direto era mais perto, mas a estrada, além de pouco usada, não possuía marcos, ou os que havia eram ruinzinhos, quase invisíveis sob a neve.

Nikita pensou um pouco.

— Por Karamychevo é mais longe, mas a estrada é melhor — respondeu.

— Mas direto é só passar o valezinho — disse Vassili Andrêitch, que tinha vontade de ir pelo caminho direto.

— Como queira — disse Nikita, e baixou de novo a gola.

Vassili Andrêitch fez como disse e, depois de andar cerca de meia *verstá*[4], virou à esquerda, onde o vento agitava um ramo de carvalho com algumas folhas secas, aqui e ali, ainda presas a ele.

Nessa virada, o vento soprava-lhes quase ao encontro, e começou a cair uma neve miúda. Vassili Andrêitch guiava, estufava as bochechas e bafejava de baixo para cima, dentro dos bigodes. Nikita cochilava.

Viajaram assim, calados, uns dez minutos. De repente, Vassili Andrêitch começou a dizer algo.

— O que foi? — perguntou Nikita, abrindo os olhos.

Vassili Andrêitch não respondia, mas se curvava, olhando para trás e para a frente, adiante do cavalo. O cavalo, com o pelo encrespado de suor no pescoço e nas virilhas, andava a passo.

— O quê, o que foi? — repetiu Nikita.

---

4   N.T.: *verstá* — milha russa; 1,06 km.

— O quê, o quê? — arremedou Vassili Andrêitch, enfezado. — Não dá para ver os marcos! Decerto perdemos o caminho!

— Então para, que eu vou olhar a estrada — disse Nikita, e, saltando do trenó, alcançou o chicote debaixo da palha e foi andando pela esquerda, do lado onde estivera sentado.

A neve neste ano não era funda, de modo que se via o caminho por toda a parte, mas, mesmo assim, aqui e ali chegava até os joelhos e penetrava nas botas de Nikita, que caminhava tateando o chão com os pés e com o chicote, mas não encontrava a estrada.

— Então, como é? — perguntou Vassili Andrêitch quando Nikita voltou para o trenó.

— Deste lado aqui, não há estrada. Preciso andar um pouco daquele outro.

— Ali na frente parece que há alguma coisa escura, vai para lá e olha — disse Vassili Andrêitch.

Nikita foi também para lá, aproximou-se da mancha escura e viu que era terra, que deslizara de um barranco desmatado e tingira de negro a neve. Depois de andar um pouco também do lado direito, Nikita voltou e, sacudindo a neve da roupa e de dentro das botas, sentou-se no trenó.

— Precisas ir para a direita: o vento soprava no meu lado esquerdo, mas agora bate direto na cara. Para a direita — repetiu Nikita, decidido.

Vassili Andrêitch obedeceu e virou à direita. Mas ainda não havia estrada. Continuaram assim por algum tempo. O vento não amainava e começou a nevar de leve.

— Mas nós, Vassili Andrêitch, parece que nos perdemos mesmo — disse Nikita de repente, parecendo até animado. —

E isto aqui, o que é? — acrescentou, mostrando umas folhas de batatas, enegrecidas, que despontavam sob a neve.

Vassili Andrêitch deteve o cavalo já suado, que respirava penosamente, estufando os flancos redondos.

— O que foi? — perguntou.

— Viemos parar no campo de Zakhárov, é isso o que aconteceu!

— Estás mentindo? — reagiu Vassili Andrêitch.

— Não estou mentindo, Vassili Andrêitch, falo a verdade — disse Nikita —, até dá para sentir pelos solavancos do trenó que estamos passando sobre o batatal. E lá estão os montes de folhas: é o campo da plantação de Zakhárov.

— Essa agora, onde nos metemos! — disse Vassili Andrêitch. — Fazer o quê, agora?

— Carece ir em frente, é só isso. Vamos acabar saindo nalgum lugar — disse Nikita. — Se não for na aldeia Zakhárovka, então será na quinta do proprietário.

Vassili Andrêitch concordou e guiou o cavalo seguindo a indicação de Nikita. Andaram assim bastante tempo. Às vezes, saíam para terrenos desnudados, e o trenó sacolejava sobre os torrões de terra enregelada; outras vezes, sobre tocos de trigo que furavam a neve; ou então deslizavam sobre neve funda, plana e branca por igual, em cuja superfície já não se via mais nada.

A neve caía de cima e, às vezes, subia de baixo. O cavalo, visivelmente cansado, todo crespo de suor e coberto de geada, andava a passo. De repente, perdeu o pé e afundou num rego ou numa vala. Vassili Andrêitch quis freá-lo, mas Nikita não deixou:

— Não segure! Se entramos, precisamos sair. Upa, queridinho, upa, amigão! — gritou com voz alegre para o cavalo, saltando do trenó e atolando-se na vala.

O cavalo arrancou e logo saiu para o barranco gelado. Aparentemente, era uma valeta cavada.

— Mas onde é que estamos, afinal? — perguntou Vassili Andrêitch.

— Logo vamos saber! — respondeu Nikita. — Toque em frente, sairemos em algum lugar.

— Mas aquilo, ao que parece, é a aldeia de Goriátchkino? — disse Vassili Andrêitch, apontando algo preto que emergia da neve, mais adiante.

— Quando chegarmos, veremos que espécie de floresta é aquela — disse Nikita.

Nikita estava vendo que, do lado daquele pretume, o vento trazia folhas secas de salgueiro e, por isso, sabia que não se tratava de floresta, e sim de vivenda, mas não queria falar. E, de fato, eles não andaram mais que uns dez *sajens*[5] depois da vala, quando surgiram na sua frente as negras silhuetas de árvores e ouviu-se um som novo e lamentoso. Nikita adivinhara certo: não era uma floresta, mas um renque de salgueiros altos, com algumas folhas esparsas ainda tremulando aqui e ali. Aparentemente eram salgueiros plantados ao longo de um córrego da eira. Aproximando-se das árvores, que zuniam tristemente ao vento, o cavalo de repente fez um esforço e, com as patas dianteiras mais altas que o trenó, deu um arranco, saiu também com as patas traseiras para uma elevação, virou à es-

---

5 N.T.: *sajen* — medida antiga, 1,83 m.

querda e parou de se afundar na neve até os joelhos. Era a estrada.

— Pronto, chegamos — disse Nikita. — Só que não sabemos onde.

O cavalo seguiu sem titubear pela estrada nevada e, menos de quarenta *sajens* depois, apareceu na sua frente a cerca negra de um celeiro, de cujo telhado a neve espessa que o cobria deslizava sem cessar. Ao pararem ao largo do celeiro, a estrada colocou-os contra o vento, e eles afundaram direto num monte de neve fofa. Mas, pela frente, via-se uma passagem entre duas casas, de modo que, ao que parecia, a neve fora soprada para o caminho, e era preciso atravessá-la. E, de fato, passando por cima do monte, eles entraram numa rua. No quintal mais próximo, drapejavam desesperadamente ao vento algumas roupas congeladas, penduradas num varal; camisas, uma vermelha, outra branca, calças, faixas-perneiras e saias. A camisa branca debatia-se com fúria especial, agitando as mangas.

— Eis aí uma mulher preguiçosa: nem recolheu a roupa para a festa — observou Nikita, olhando para as camisas irrequietas.

III

No começo da rua ainda ventava, e o caminho estava coberto de neve, mas dentro da aldeia estava bem mais agradável, mais quente e sossegado. Um cachorro latia num quintal; no outro, uma camponesa, de cabeça coberta pela aba do casaco, parou na soleira da *isbá* para olhar os passantes. Do meio da aldeia ouvia-se a cantoria das moças. Na aldeia, parecia que havia menos vento, e neve, e friagem.

— Mas isso aqui é Gríchkino — disse Vassili Andrêitch.

— É isso mesmo — respondeu Nikita.

E, de fato, era a aldeia de Gríchkino. Acontece que eles se desviaram para a esquerda, fazendo umas oito *verstás* numa direção que não era bem a necessária, mas, mesmo assim, aproximando-se do local pretendido. De Gríchkino até Goriátchkino a distância era apenas de umas cinco *verstás*.

No centro da aldeia, eles deram com um homem alto, andando pelo meio da rua.

— Quem vem aí? — gritou o homem, detendo o cavalo, e, ao reconhecer Vassili Andrêitch, foi tateando até o trenó e sentou-se na beirada. Era o mujique Issái, conhecido de Vassili Andrêitch e famoso em toda a região como ladrão de cavalos.

— Ah! Vassili Andrêitch! Para onde Deus o está levando? — perguntou Issái, envolvendo Nikita num bafo de vodca.

— A gente ia para Goriátchkino.

— E vieram parar aqui! Deviam ter ido por Malákhovo.

— Devíamos, mas não acertamos — disse Vassili Andrêitch, contendo o cavalo.

— O cavalinho é dos bons — disse Issái, medindo o Baio com olhos de conhecedor. — E então, como é? Pernoitam aqui?

— Não, não dá, temos de seguir viagem.

— Se tu o dizes, decerto tens precisão. E este aqui, quem é? Ah, Nikita Stepánitch!

— E quem haveria de ser? — respondeu Nikita. — O perigo é a gente perder o caminho de novo.

— Não há como se perder! Volta atrás, vai em frente, pela rua mesmo, e lá, saindo da aldeia, continua em frente. Nada de virar para a esquerda. E, quando saíres para a estrada grande, vira então à direita.

— E a virada para a direita, em que altura fica?

— Logo que chegares na estrada, verás uns arbustos, e, do outro lado, na frente dos arbustos, há um marco — uma grande estaca de carvalho: é ali mesmo.

Vassili Andrêitch fez o cavalo dar meia-volta e partiu.

— Bem que podiam passar a noite aqui — gritou Issái no encalço deles.

Mas Vassili Andrêitch não respondeu e incitou o cavalo: algumas *verstás* de caminho plano, duas das quais pelo bosque, pareciam fáceis de cobrir, ainda mais que o vento parecia amainar, e a neve diminuía.

Voltando pela mesma rua, pelo caminho aplainado, meio enegrecido pelo esterco fresco, e passando pelo quintal com o varal, do qual a camisa branca já se soltara e pendia só por uma manga congelada, eles saíram novamente para o campo aberto. A nevasca não só não amainara, como parecia ter aumentado. O caminho estava encoberto pela neve, e só pelos marcos dava para perceber que eles não tinham saído da estrada. Mas até mesmo os marcos estavam difíceis de se distinguir na frente por causa do vento contrário.

Vassili Andrêitch apertava os olhos e inclinava a cabeça, tentando distinguir os marcos, mas procurava confiar no cavalo, deixando-o livre. E o Baio de fato não se desviava e andava, pegando ora a direita, ora a esquerda, pelas curvas da estrada, que sentia debaixo dos cascos. Assim, apesar da neve cada vez mais pesada e do vento mais forte, as estacas dos marcos continuavam visíveis, ora à direita, ora à esquerda.

Após uns dez minutos de viagem, de repente surgiu, bem na frente do cavalo, algo negro, a mover-se dentro da rede esconsa da neve tangida pelo vento. Eram companheiros de estrada. O Baio alcançou-os logo, até bater com as patas nas costas do assento do trenó na sua frente.

— Paaassem adiaaante... pela freeente! — gritavam do trenó.

— Vassili Andrêitch começou a ultrapassá-lo. No trenó, estavam três mujiques e uma mulher. Aparentemente, eram visitantes voltando de uma festa. Um dos homens açoitava com uma vara o lombo coberto de neve do seu cavalinho. Os outros dois, na frente, gritavam alguma coisa, agitando os braços. A mulher, toda enrolada nos agasalhos e coberta de neve, não se movia, encorujada na parte traseira do trenó.

— De onde são vocês? — gritou Vassili Andrêitch.

— De Aaaa... — era só o que se ouvia.

— De onde, eu pergunto!

— De Aaaa... — gritou um dos mujiques com toda a força, mas mesmo assim não deu para entender nada.

— Toca pra frente! Não deixa passar! — urrava o outro, sem parar de chicotear o pangaré.

— Chegando da festa, parece?

— Em frente, em frente! Toca, Siomka! Ultrapassa! Adiante!

Os trenós esbarraram-se um no outro com as lanças, quase se engancharam, soltaram-se, e o trenó dos mujiques começou a se atrasar.

O cavalinho felpudo, barrigudinho, todo coberto de neve, arfando e bufando sob a *dugá* baixa, lutava inutilmente, com as derradeiras forças, para fugir da vara que o castigava, arrastando as pernas curtas pela neve funda. De ventas infladas e orelhas achatadas de medo, seu focinho manteve-se por alguns segundos junto ao ombro de Nikita, mas logo começou a ficar para trás.

— O que faz o vinho! — disse Nikita. — Estão dando cabo do pangaré, esses brutos!

Durante alguns minutos, ouviram-se ainda o soprar das ventas extenuadas do cavalinho e os gritos ébrios dos mujiques, mas logo cessaram os sopros e os gritos, e não se ouviu mais nada além do silvar do vento, e, vez por outra, do fraco ranger dos patins nos trechos da estrada livres de neve.

Esse encontro reanimou e alegrou Vassili Andrêitch, que, encorajado, espicaçou mais o cavalo, contando com ele.

Nikita, não tendo nada para fazer, cochilava, como sempre em tais circunstâncias, recuperando muito tempo de sono perdido. Súbito, o cavalo estancou e Nikita quase caiu para a frente com o tranco.

— Mas estamos outra vez no rumo errado! — disse Vassili Andrêitch.

— Por que diz isso?

— Porque não se veem mais estacas. Parece que perdemos o caminho de novo.

— Se perdemos o caminho, temos de procurá-lo — retrucou Nikita, lacônico. Desceu e começou a andar de novo pela neve, com as pisadas leves dos seus pés virados para dentro. Andou bastante tempo, sumindo de vista, surgindo de novo e sumindo outra vez, e finalmente voltou.

— Aqui não há estrada, quem sabe mais adiante — disse ele, sentando-se no trenó.

Já começava a escurecer visivelmente. A nevasca não aumentava, mas também não amainava.

— Se ao menos escutássemos aqueles mujiques — disse Vassili Andrêitch.

— É, eles não alcançaram a gente, decerto se atrasaram muito. E, quem sabe, também não perderam o caminho! — disse Nikita.

— Então, para onde iremos agora? — perguntou Vassili Andrêitch.

— Se deixares o cavalo andar sozinho, ele leva a gente. Dá-me as rédeas.

Vassili Andrêitch entregou-lhe as rédeas de boa vontade, tanto mais que suas mãos, dentro das luvas quentes, começavam a ficar entanguidas.

Nikita pegou as rédeas, apenas segurando-as de leve, procurando não movê-las, orgulhoso da esperteza do seu predileto. E, de fato, o inteligente animal, movendo as orelhas ora para um, ora para outro lado, começou a fazer uma curva.

— É só não falar nada — dizia Nikita. — Veja só o que ele faz! Anda, vai andando! É assim, vai assim mesmo.

O vento começou a soprar por trás e a friagem diminuiu.

— E como ele é sabido — continuava Nikita elogiando o cavalo. — O Kirguiz é um cavalão forte, mas é bobo. Já este, veja só o que ele faz com as orelhas. Não precisa de telégrafo, percebe tudo à distância.

E não havia passado nem meia hora, quando na frente delineou-se novamente alguma coisa escura: um bosque, ou uma aldeia, e do lado direito reapareceram as estacas dos marcos. Aparentemente, haviam saído para a estrada de novo.

— Mas isso aqui é Gríchkino outra vez — disse Nikita, de repente.

E, de fato, lá estava, à sua esquerda, aquele mesmo varal com as roupas congeladas, camisas e calções, que continuavam a se agitar ao vento com o mesmo desespero de antes.

Eles entraram na rua e novamente ficou tudo tranquilo, quente e agradável. E ficou visível o caminho de esterco, ouviram-se vozes, canções, latidos. Já escurecera tanto que em muitas janelas já havia luzes acesas.

Na metade da rua, Vassili Andrêitch fez o cavalo parar na entrada de uma casa grande, de tijolos, diferente das *isbás* de madeira.

Nikita foi até uma janela iluminada, em cuja luz dançavam flocos cintilantes de neve, e bateu com o cabo do chicote.

— Quem é? — respondeu uma voz vindo de dentro.

— Os Brekhunóv, de Kresty, meu bom homem — respondeu Nikita. — Vem para fora, por um momento.

SENHOR E SERVO 131

Afastaram-se da janela e, logo depois, ouviram o rangido da porta se abrindo no vestíbulo. Estalou o trinco da porta da rua e, em seguida, segurando a porta por causa do vento, apareceu um velho mujique alto, de barba branca, de peliça sobre os ombros da camisa festiva, e atrás dele um rapazola de blusão vermelho e botas de couro.

— És tu mesmo, Andrêitch? — perguntou o velho.

— Pois é, perdemos o caminho, meu caro — disse Vassili Andrêitch. — Íamos para Goriátchkino e viemos parar aqui. Saímos, nos afastamos, e aí nos extraviamos de novo.

— Ora vejam, então se perderam! — disse o velho. — Petrúchka, vai lá, abre o portão! — voltou-se ele para o rapaz de blusão vermelho.

— É pra já — respondeu o moço com voz alegre, e correu para o vestíbulo.

— Mas nós não vamos pernoitar aqui, meu caro — disse Vassili Andrêitch.

— E vais para onde? Já é noite, fica aqui!

— Eu até gostaria, mas não dá, preciso prosseguir. Negócios, amigo, não dá mesmo.

— Então, vem ao menos se aquecer junto ao samovar — disse o velho.

— Isso sim, posso me aquecer — respondeu Vassili Andrêitch. — E, quando escurecer mais, e a lua aparecer, o caminho ficará mais visível e poderemos seguir viagem. Como é, vamos entrar e nos aquecer, Nikita?

— Como não, a gente pode se aquecer — apressou-se a concordar Nikita, que estava transido de frio e com muita vontade de esquentar, no calor, os seus membros enregelados.

Vassili Andrêitch entrou na casa com o velho, enquanto Nikita conduzia o trenó pelo portão aberto por Petrúchka, e, por indicação do rapaz, fazia o cavalo entrar debaixo do telheiro. A *dugá* alta roçou no poleiro, no qual as galinhas e o galo, já acomodados, alvoroçaram-se e começaram a cacarejar, aborrecidos. As ovelhas perturbadas precipitaram-se para um lado, pisoteando com os cascos o esterco congelado do chão. E o cachorro, assustado e raivoso, gania e latia freneticamente para o intruso.

Nikita conversou com todos: desculpou-se perante as galinhas, tranquilizou-as, garantindo que não as perturbaria mais; censurou as ovelhas por serem tão assustadiças sem saberem por quê, e ficou acalmando o cachorro durante o tempo todo que levou amarrando o cavalo.

— Assim, agora vai ficar bom — disse ele, sacudindo a neve da roupa. — Mas como se esgoela, ora veja! — acrescentou, dirigindo-se ao cachorro. — Já chega! Basta, bobinho, já basta! Só te cansas à toa, nós não somos ladrões, somos amigos...

— Está escrito que esses são os três conselheiros domésticos — disse o rapaz, empurrando com o braço forte, para baixo do telheiro, o trenó que ficara do lado de fora.

— E que conselheiros são esses? — perguntou Nikita.

— Está escrito assim, no meu almanaque Paulson: se um ladrão sorrateiro se aproxima da casa, e o cachorro late, isso significa atenção, não durmas no ponto. Se o galo canta, é sinal da hora de se levantar. Se o gato se lava, quer dizer que vai chegar uma visita bem-vinda: prepara-te para recebê-la — disse o moço, sorrindo.

SENHOR E SERVO 133

Petrúchka era alfabetizado e sabia quase de cor o Paulson, único livro que possuía, e gostava, especialmente quando estava um pouco bêbado, como hoje, de fazer citações que lhe pareciam adequadas ao momento.

— Lá isso está certo — disse Nikita.

— Eu acho que estás bem gelado, não estás, tiozinho? — acrescentou Petrúchka.

— Sim, é isso mesmo — disse Nikita, e ambos atravessaram o pátio e o vestíbulo para dentro do *isbá*.

IV

A casa onde Vassili Andrêitch entrara era uma das mais ricas da aldeia. A família mantinha cinco lotes de terra e ainda alugava mais alguns por fora. Tinha seis cavalos, três vacas, dois bezerros e umas vinte ovelhas. O grupo familiar compunha-se de vinte e duas almas: quatro filhos casados, seis netos — dos quais só Petrúchka era casado —, dois bisnetos, três órfãos e quatro noras com os filhos. Era uma das raras casas que ainda permanecia indivisa, mas também nela já fermentava um surdo trabalho de discórdia, como sempre iniciado entre o mulherio, o que em breve a levaria, infalivelmente, a uma separação de bens. Dois filhos trabalhavam em Moscou como aguadeiros, um era soldado. Em casa agora estavam o velho, a velha, o segundo filho — o dono — e o filho mais velho, que viera de Moscou para a festa, e todas as mulheres e crianças; além dos de casa, estavam ainda um vizinho visitante e um compadre.

Na *isbá*, sobre a mesa, pendia uma lâmpada com abajur, iluminando brilhantemente a louça de chá, uma garrafa de vodca, alguns petiscos e as paredes de tijolo, cobertas de ícones[6] no canto de honra, e ladeados por outros quadros.

---

6   N.T.: ícones — imagens de santos.

Sentado à cabeceira da mesa, na sua peliça branca, Vassili Andrêitch chupava o bigode e passeava em volta com seus olhos saltados de ave de rapina, examinando pessoas e coisas. Além dele, sentavam-se à mesa o velho calvo de barbas grisalhas, o dono, de camisão branco de pano rústico tecido em casa; ao seu lado, de fina camisa de chita sobre os ombros e costas reforçadas, o filho chegado de Moscou para a festa, e ainda outro filho, o espadaúdo primogênito, que tomava conta da casa; e o vizinho, um mujique ruivo e magro, o visitante.

Os homens, tendo acabado de beber e comer, preparavam-se para tomar o chá, e o samovar já zumbia no chão, junto à estufa. Pelos cantos agrupavam-se as crianças. Uma mulher embalava um berço. A dona da casa, velhinha de rosto sulcado de rugas em todas as direções, ocupava-se de Vassili Andrêitch.

Na hora em que Nikita entrou no *isbá*, ela acabava de encher um copinho de vodca, que ofereceu ao visitante.

— Não nos ofendas, Vassili Andrêitch, não podes, é preciso brindar a festa conosco — dizia ela. — Bebe, querido.

A vista e o cheiro da vodca, especialmente agora que estava gelado e cansado, perturbaram Nikita. Ele franziu o cenho e, após sacudir a neve do gorro e do caftan, postou-se diante dos ícones e, como se não visse ninguém, curvou-se e persignou-se três vezes diante das imagens. Depois, voltando-se para o velho, curvou-se em saudação, primeiro para ele e, em seguida, para todos os outros sentados à mesa, e só depois para as mulheres, paradas de pé ao lado da estufa, e, dizendo "Boas Festas", começou a tirar os agasalhos, sem olhar para a mesa.

— Mas como estás enregelado, tio — disse o irmão mais velho, olhando para o rosto, o bigode e a barba de Nikita, arrepiados e eriçados de neve.

Nikita tirou o caftan, sacudiu-o mais, pendurou-o junto à estufa e se aproximou da mesa. Também a ele ofereceram vodca. Houve um momento de luta torturante: ele quase aceitou o copinho, para derramar na boca o líquido claro e perfumoso. Mas, lançando um olhar para Vassili Andrêitch, lembrou-se da promessa, das botas perdidas na bebedeira, lembrou-se do toneleiro e do filho a quem prometera comprar um cavalo na primavera — soltou um suspiro e recusou.

— Não bebo, muito agradecido — disse ele, carrancudo, e sentou-se no banco debaixo da segunda janela.

— Mas por que isso? — perguntou o irmão mais velho.

— Não bebo porque não bebo, é só isso — atalhou Nikita, sem levantar os olhos, espiando de soslaio sua barba e seu bigode ralos, que começavam a degelar-se.

— Não é bom para ele — disse Vassili Andrêitch, mordiscando uma rosquinha depois de um gole de vodca.

— Então, um copinho de chá — disse a velhinha carinhosa. — Acho que estás entanguido de frio, meu queridinho. Por que demoram com o samovar, vocês aí, mulherada?

— Está pronto — respondeu uma das jovens mulheres, abanando com a cortina o fumegante samovar coberto, e, erguendo-o com esforço do chão, colocou-o pesadamente sobre a mesa.

Nesse ínterim, Vassili Andrêitch relatava como se desviaram do caminho, voltaram duas vezes para a mesma aldeia, como vagaram na neve, como se encontraram com os bêbados. Os donos da casa se espantavam, explicavam onde e por que se perderam e quem eram aqueles bêbados. E ensinavam-lhes como achar o caminho certo.

SENHOR E SERVO 137

— Aqui, qualquer criança chega até a aldeia Moltchá-novka, é só fazer a curva no lugar certo da estrada, onde se vê um arbusto. Mas vocês não chegaram até ali — explicava o vizinho.

— Deviam passar a noite aqui; as mulheres lhes arrumam as camas — insistia a velhinha.

— Poderiam partir de manhãzinha, será o melhor a fazer — secundava o velho.

— Não dá, mano, são os negócios! — disse Vassili Andrêitch. — Se eu perder uma hora, não a recupero em um ano — acrescentou, lembrando-se do bosque e dos comerciantes que podiam arrebatar-lhe essa compra.

— Chegaremos lá, pois não? — voltou-se ele para Nikita.

Nikita demorou para responder, parecia preocupado com o degelo da sua barba e do bigode.

— Se não nos perdermos de novo — disse por fim, sombriamente.

Nikita estava taciturno, porque sentia um desejo torturante pela vodca, e a única coisa que poderia mitigar este desejo era o chá, mas este ninguém ainda lhe oferecera.

— Só precisamos chegar até a curva. Ali já não nos perderemos mais, iremos pelo bosque até o próprio lugar — disse Vassili Andrêitch.

— O senhor é quem sabe, Vassili Andrêitch; se é para ir, então vamos — disse Nikita, recebendo o copo de chá agora oferecido.

— Acabemos de tomar o chá e sigamos em frente. Marche!

Nikita não disse nada, só assentiu com a cabeça, e, derramando cuidadosamente o chá no pires, começou a aquecer no vapor suas mãos de dedos permanentemente inchados pelo trabalho. Depois, tendo mordido um minúsculo torrão de açúcar, curvou-se para os donos da casa e disse:

— À vossa saúde! — e sorveu devagar o líquido quente e reconfortante.

— Se alguém nos acompanhasse até a curva... — disse Vassili Andrêitch.

— Pois não, isso se pode — disse o filho mais velho. — Petrúchka vai atrelar e vai levá-los até a curva.

— Então vai lá e atrela, mano, que eu saberei agradecer.

— Mas o que é isso, querido! — falou a carinhosa velhinha. — A gente faz de todo o coração.

— Petrúchka, vai atrelar a égua — disse o mais velho ao irmão.

— Eu vou — disse Petrúchka, sorrindo. E, arrancando o gorro do prego, correu para atrelar.

Enquanto preparavam o cavalo, a conversa voltou ao ponto em que fora interrompida quando Vassili Andrêitch se aproximou da janela. O velho se queixava ao vizinho-alcaide do terceiro filho, que não lhe mandara presente algum para a festa, enquanto enviara à esposa um lenço francês.

— O pessoal jovem está se afastando da gente — dizia o velho.

— E como se afastam, nem me diga — respondeu o vizinho-compadre. — Ficaram inteligentes demais. Olha o Demótchkin: quebrou o braço do pai! Deve ser de tanta inteligência, acho.

Nikita olhava e escutava atento, e aparentemente tinha vontade de participar da conversa, mas, muito absorvido pelo chá, só meneava a cabeça, em sinal de aprovação. Bebia um copo após o outro, e se sentia cada vez mais e mais aquecido, mais e mais confortável e aconchegado. A conversa continuou por muito tempo, sempre girando em torno do mesmo tema: os males da divisão de bens. E essa conversa obviamente não se referia a um assunto abstrato, mas tratava da partilha dentro da própria casa, uma partilha exigida pelo segundo filho, sentado ali mesmo, taciturno e calado. Obviamente, esse era um ponto doloroso, e o problema preocupava todos os familiares, os quais, por decoro, não discutiam seus assuntos privados diante dos estranhos. Mas por fim o velho não aguentou mais e, com lágrimas nos olhos, começou a dizer que não permitiria a partilha enquanto estivesse vivo, e que, graças a Deus, a casa estava com ele, e, se fossem dividi-la, acabariam todos pedindo esmola.

— Como aconteceu com os Matvêiev — disse o vizinho.

— Era uma casa de verdade, mas, quando a dividiram, ficaram todos sem nada.

— E é isso que tu também queres — voltou-se o velho para o filho.

O filho não respondeu nada, e instalou-se um silêncio incômodo, logo interrompido por Petrúchka, que já atrelara o cavalo e voltara, alguns minutos antes, para a *isbá*, sempre sorridente.

— No meu Paulson há uma fábula — disse ele — sobre um pai que deu aos filhos um feixe de varas para ser quebrado. Não conseguiram quebrá-lo todo de uma vez, mas de varinha em varinha foi fácil. Assim é também isto aqui — disse ele, sorrindo até as orelhas. — Pronto! — acrescentou.

— Pois se está pronto, vamos embora — disse Vassili Andrêitch. — E, quanto à partilha, não entregues os pontos, vo-

vozinho. Foste tu que construíste tudo, és tu o dono. Entrega ao juiz de paz. Ele vai pôr ordem nisso.

— Ele cria tanto caso, pressiona tanto — insistia o velho com voz lamentosa — que não dá para acertar nada com ele. Parece até que está com o diabo no corpo!

Entrementes Nikita, que terminara de beber o quinto copo de chá, não o virou de fundo para cima, mas o colocou do lado, na esperança de que o enchessem mais uma vez. Mas não havia mais água no samovar, e a patroa não lhe encheu o copo pela sexta vez, e também Vassili Andrêitch já começara a vestir os agasalhos. Não restava nada a fazer. Nikita levantou-se, colocou de volta no açucareiro o seu torrão de açúcar todo mordido, enxugou o rosto suado com a barra da camisa e enfiou o seu pobre casaco. Em seguida, com um suspiro profundo, agradeceu aos donos da casa, despediu-se e passou do recinto quente e iluminado para o vestíbulo escuro e frio, que o vento uivante invadia pelas frestas da porta, e de lá saiu para o pátio escuro.

Petrúchka, de peliça no meio do pátio, ao lado do seu cavalo, recitava sorridente uns versos do Paulson: "A tempestade encobre o céu/rodopiando os flocos de neve/ora uivando como uma fera/ora chorando como uma criança".

Nikita balançava a cabeça, aprovador, enquanto desembaraçava as rédeas.

O velho, acompanhando Vassili Andrêitch, trouxe uma lanterna para o vestíbulo, tencionando iluminá-lo, mas o vento logo a apagou. E, lá fora, já dava para perceber que a nevasca recrudescia cada vez mais.

"Mas que tempo!", pensou Vassili Andrêitch. "Capaz que nem dê para chegar lá! Mas não posso ficar, os negócios não esperam. E já que me abalei a sair, e o cavalo do velho já está atrelado... Chegaremos, se Deus quiser!"

O patrão velho também pensava que seria melhor não prosseguir viagem, mas ele já insistira para que ficassem e não fora atendido — agora já não dava para pedir mais nada. "Quem sabe é por causa da velhice que eu tenho receio, mas eles chegarão lá", pensava ele, "e, pelo menos, nós iremos para a cama na hora de sempre, sem amolações".

Petrúchka porém nem pensava no perigo: conhecia muito bem o caminho e toda a região, e, além disso, o versinho "rodopiando os flocos de neve" o animava, por expressar perfeitamente o que se passava no pátio. Já Nikita não tinha a menor disposição para partir, mas se acostumara há muito tempo a não ter vontade própria e a servir os outros, de modo que ninguém reteve os viajantes.

V

Vassili Andrêitch aproximou-se do trenó, mal distinguindo onde ele estava naquela escuridão, subiu e pegou as rédeas.

— Vai na frente! — gritou ele.

Petrúchka, de joelhos no seu próprio trenó, tocou o seu cavalo. O Baio, que já estava à espera, sentindo uma égua na sua frente, arrancou no encalço da fêmea, e todos saíram para a rua. Novamente seguiram o mesmo caminho, ao largo do mesmo quintal com as roupas congeladas no varal, que já não era visível; ao longo do mesmo galpão, agora coberto até o telhado, do qual a neve escorregava sem parar; ao longo das mesmas árvores que se curvavam e gemiam lugubremente sob o vento, e novamente entraram naquele mar nevado, a rugir por cima e por baixo. O vento era tão forte que, quando soprava pelo lado e os viajantes ficavam contra ele, fazia o trenó adernar e empurrava o cavalo para o outro lado. Petrúchka ia na frente, no trote balouçante da sua valente égua, estimulando-a com gritos animados. O Baio se esforçava para alcançá-la.

Após uns dez minutos, Petrúchka voltou-se para trás e gritou alguma coisa. Nem Vassili Andrêitch nem Nikita conseguiram ouvi-lo por causa do vento, mas adivinharam que ha-

SENHOR E SERVO 143

viam chegado à curva. Com efeito, Petrúchka virou para a direita, e o vento, que soprava de lado, tornou a soprar de frente; à direita, através da neve, viu-se algo escuro. Era o arbusto na curva.

— Agora vão com Deus!

— Obrigado, Petrúchka!

— A tempestade encobre os céus! — gritou Petrúchka, e sumiu.

— Ora vejam, que versejador — disse Vassili Andrêitch, e puxou as rédeas.

— É sim, é um rapagão dos bons, um mujique de verdade — disse Nikita.

E seguiram em frente.

Nikita, enrolado no capote, com a cabeça encolhida entre os ombros, de modo que sua pequena barba lhe aderia ao pescoço, estava calado, procurando não perder o calor acumulado no corpo dentro da *isbá* graças ao chá. Na sua frente, ele via as linhas paralelas das lanças do trenó, que o enganavam constantemente, simulando uma estrada lisa; e as ancas balouçantes do cavalo, com a cauda amarrada em nó; e, mais à frente, o pescoço e a cabeça do Baio, sob o arco da *dugá*, com a crina esvoaçante. De raro em raro, vislumbrava um marco na estrada, de modo que sabia que estavam no rumo certo, e ele não tinha nada para fazer.

Vassili Andrêitch dirigia, deixando que o cavalo seguisse a estrada sozinho. Mas o Baio, apesar de ter descansado na aldeia, corria de má vontade e parecia querer sair da estrada, de modo que Vassili Andrêitch teve de corrigi-lo algumas vezes.

"Eis um marco à direita, aqui outro, aqui o terceiro", contava Vassili Andrêitch. — "E agora, eis a floresta" — pensou, forçando a vista para algo que pretejava na sua frente. Mas o que lhe parecera uma floresta não passava de um arbusto.

Ultrapassaram o arbusto, cobriram mais uns vinte *sajens* — mas não apareceu o quarto marco, nem a floresta. "A floresta deve aparecer já" — pensava Vassili Andrêitch, e, estimulado pela vodca e pelo chá, mexia as rédeas o tempo todo, e o bom e submisso animal obedecia, andando ora a passo, ora a trote leve, para onde o mandavam, apesar de saber que o mandavam numa direção que não era, de todo, a necessária. Passaram-se uns dez minutos, e a floresta não aparecia.

— Mas não é que nos perdemos outra vez! — disse Vassili Andrêitch, detendo o cavalo.

Nikita desceu do trenó, calado, segurando o seu capote, que ora grudava nele por causa do vento, ora se abria descobrindo-o, e saiu a perambular pela neve. Andou para um lado, andou para o outro. Umas três vezes ele sumiu de vista, de todo. Por fim voltou, e tomou as rédeas das mãos de Vassili Andrêitch.

— É para a direita que precisamos ir — disse Nikita, severo e decidido, fazendo o cavalo virar.

— Bem, se é para a direita, vai pra direita — disse Vassili Andrêitch, entregando-lhe as rédeas e enfiando as mãos entanguidas dentro das mangas.

Nikita não respondeu.

— Vamos, amigão, faz uma força — gritou para o cavalo, mas este, apesar das sacudidelas das rédeas, andava só a passo.

Aqui e ali a neve chegava-lhe até o joelho, e o trenó avançava aos arrancos a cada movimento do cavalo.

Nikita alcançou o chicote, pendurado na frente do trenó, e deu uma lambada no cavalo. O bom animal, não acostumado ao chicote, deu um arranco e partiu a trote, mas logo relaxou e voltou ao passo. Andaram assim durante uns cinco minutos. Estava tão escuro e ventava tanto que, por vezes, não dava para enxergar o arco da *dugá*. Por momentos parecia que o trenó ficava parado no lugar, e depois corria para trás. Súbito o cavalo estancou, como se pressentisse algo ruim pela frente. Nikita desceu de novo, largando as rédeas, e foi caminhando na frente do Baio para ver por que ele parara de repente; mas, nem bem ele deu um passo adiante do cavalo, seus pés escorregaram e ele caiu rolando por um barranco.

— Para, para, para — dizia ele para si mesmo, caindo e tentando deter-se, mas já não conseguia segurar-se, e só parou quando afundou os pés numa grossa camada de gelo, acumulada no fundo do barranco. A massa de neve da beira do barranco despencou em cima dele, entrando-lhe atrás da gola...

— Então é assim! — disse Nikita em tom reprovador, dirigindo-se ao barranco e sacudindo a neve da gola.

— Nikita! Ei, Nikita! — gritava Vassili Andrêitch, lá de cima.

Mas Nikita não respondia.

Ele não tinha tempo: sacudia-se, depois procurou o chicote que deixara cair quando rolava pela encosta. Encontrado o chicote, tentou subir por onde caíra, mas não era possível — ele escorregava de volta, de modo que teve de procurar uma saída por baixo. A uns três *sajens* do lugar onde rolara, ele conseguiu subir, de quatro, com dificuldade, para a lombada, e foi andando pela beira do barranco até o lugar onde devia estar o cavalo. Não via nem o cavalo nem o trenó; mas, como caminhava contra o vento, ouviu os gritos de Vassili Andrêitch e os relinchos do Baio que o chamavam, antes de poder enxergá-los.

— Já vou, já vou, que berreiro é esse! — resmungou ele.

Foi só quando chegou bem perto do trenó que Nikita viu o cavalo e, ao lado dele, Vassili Andrêitch, que parecia enorme.

— Onde diabos te foste meter? Temos de voltar. Voltar pelo menos até Gríchkino — rosnou o patrão, enfezado.

— Eu bem que gostaria de voltar, Vassili Andrêitch, mas me dirigir para onde? Há um buraco aqui tão grande que, se cairmos lá dentro, não sairemos nunca mais. Despenquei ali de um jeito que mal e mal consegui me safar.

— E então? Não podemos ficar parados aqui! Temos de ir para algum lugar — disse Vassili Andrêitch.

Nikita não respondeu nada. Sentou-se no trenó, de costas para o vento, tirou o capote, sacudiu a neve que lhe enchia as botas e, pegando um punhado de palha, forrou cuidadosamente um buraco na sola, por dentro.

Vassili Andrêitch permanecia calado, como quem agora entregava tudo aos cuidados de Nikita. Calçadas as botas, Nikita enfiou as luvas, pegou as rédeas e colocou o cavalo para andar ao longo da beira do barranco. Mas não andaram nem cem passos, quando o cavalo estancou outra vez: diante dele abria-se novamente uma ravina.

Nikita tornou a descer do trenó, e saiu outra vez a perambular pela neve. Andou assim por um bom tempo e, por fim, apareceu do lado oposto daquele do qual saíra.

— Está vivo, Andrêitch? — gritou ele.

— Estou aqui — respondeu Vassili Andrêitch. — E então, como é?

— Não dá para entender de jeito nenhum. Está escuro. Há uns barrancos... Vamos ter de voltar a andar contra o vento.

SENHOR E SERVO 147

Partiram de novo, e de novo Nikita andou pela neve, subiu no trenó, tornou a apear, voltou a andar pela neve e, por fim, esbaforido, parou ao lado do trenó.

— E então? — perguntou Vassili Andrêitch.

— Então, é que eu estou pondo os bofes pra fora! E o cavalo também já não aguenta mais.

— E agora, fazer o quê?

— Bem, espere aqui, espere um pouco.

Nikita saiu de novo, e voltou logo.

— Siga-me — disse ele, colocando-se na frente do cavalo. Vassili Andrêitch já não ordenava nada, mas fazia, obediente, o que Nikita lhe dizia.

— Aqui, atrás de mim! — gritou Nikita, desviando-se rápido para a direita e, agarrando o Baio pela rédea, dirigiu-o para algum lugar embaixo, num monte de neve.

O cavalo resistiu no começo, mas em seguida deu um arranco, na tentativa de saltar por cima do monte de neve, mas não conseguiu e afundou-se nele até a colhera.

— Saia fora! — gritou Nikita para Vassili Andrêitch, que continuava sentado no trenó, e, segurando numa das lanças, começou a empurrar o trenó para cima do cavalo. — Está difícil, irmão — dirigiu-se ele ao Baio —, mas, que remédio, faz um esforço! Vamos, vamos, mais um pouco! — gritou ele.

O cavalo arrancou uma vez, e outra, mas não conseguiu se safar e sentou de novo, como que ponderando alguma coisa.

— Mas como, irmão, assim não dá — arengava Nikita para o Baio. — Vamos, só mais uma vez!

Novamente Nikita puxou o trenó pela lança, do seu lado. Vassili Andrêitch fez o mesmo, do outro lado. O cavalo sacudiu a cabeça, depois arrancou de repente.

— Vamos, vamos! Força! Não vais afogar-te! — gritava Nikita.

Um salto, outro, o terceiro, e finalmente o cavalo safou-se do monte de neve e parou, arfando e sacudindo-se todo. Nikita quis continuar em frente, mas Vassili Andrêitch ficara tão esbaforido dentro das suas duas peliças que não conseguia andar, e deixou-se cair no trenó.

— Deixa-me tomar fôlego — disse ele, desfazendo o nó do lenço com o qual amarrara a gola de peliça, na aldeia.

— Está tudo bem, fique deitado aí — disse Nikita —, eu vou levando sozinho.

E, com Vassili Andrêitch no trenó, foi conduzindo o cavalo pelo bridão uns dez passos para baixo, e depois um pouco para cima, até parar.

O lugar onde Nikita parara não ficava no fundo da ravina — onde a neve, despencando da beira, poderia soterrá-los —, mas ainda era parcialmente protegido pela beira do barranco. Em alguns momentos o vento parecia amainar, mas isso durava pouco, e, em seguida, como para descontar esse descanso, o temporal atacava com força decuplicada, puxando e rodopiando com fúria maior ainda. Um desses golpes de vento caiu no momento exato em que Vassili Andrêitch, recobrando o alento, desceu do trenó e aproximou-se de Nikita a fim de discutir o que fazer. Ambos se inclinaram involuntariamente e esperaram a rajada passar até poderem falar. O Baio também abaixara as orelhas, sem querer, e sacudia a cabeça. Assim que a fúria do vento amainou um pouco, Nikita, tirando as luvas que enfiou no cinto, bafejou sobre as mãos e pôs-se a afrouxar a *dugá*.

— Mas o que é que estás fazendo? — perguntou Vassili Andrêitch.

— Desatrelando, o que mais eu posso fazer? Não aguento mais — respondeu Nikita, como que se desculpando.

— Mas nós não vamos continuar para sair em algum lugar?

— Não vamos, só daríamos cabo do cavalo. O coitado já está no fim das suas forças — disse Nikita, apontando o esgotado animal, submisso e pronto para tudo, parado, com os flancos encharcados de suor, agitados pela respiração ofegante. — Temos de pernoitar aqui — repetiu ele, como se planejasse passar a noite numa estalagem, e começou a soltar a colhera.

— Será que não vamos morrer congelados? — disse Vassili Andrêitch.

— E daí? O que vier, não dá para recusar — disse Nikita.

VI

Vassili Andrêitch, com suas duas peliças, sentia-se bem quente, em especial depois de se debater no monte de neve. Mas um calafrio correu-lhe pela espinha quando compreendeu que realmente teria de passar a noite ali. Para acalmar-se, acomodou-se no trenó e procurou seus cigarros e fósforos.

Nesse ínterim, Nikita desatrelava o cavalo e, enquanto se atarefava nisso, conversava sem cessar com o Baio, animando-o.

— Vamos, vamos, sai agora — dizia, tirando-o de entre as lanças do trenó. — E vamos amarrar-te aqui, e vou dar-te um pouco de palha, e desembaraçar-te — falava, enquanto fazia o que dizia. — Depois de comer um pouco, te sentirás mais alegre.

Mas o Baio, ao que parecia, não se deixava tranquilizar pelas conversas de Nikita: estava inquieto, pateava, apertava-se contra o trenó, virava as ancas para o vento e esfregava a cabeça na manga de Nikita.

Como se fosse apenas para não ofender Nikita, recusando a oferta da palha que Nikita lhe enfiava debaixo do focinho, de uma só vez o Baio abocanhou, num repente, um feixe de

SENHOR E SERVO 151

palha do trenó, mas decidiu, imediatamente, que a situação não era para palha: soltou-a, e o vento a levou *in continenti*, espalhando-a e cobrindo-a de neve.

— Agora vamos colocar um sinal — disse Nikita, e, virando o trenó na direção do vento, colocou as lanças na vertical e amarrou-as com a correia da sela à frente do trenó. — Agora, se a neve nos cobrir, gente boa verá estas lanças, saberá que estamos aqui e virá nos desenterrar — disse Nikita, calçando as luvas. — Foi assim que os velhos nos ensinaram.

Nesse meio tempo, Vassili Andrêitch, abrindo a peliça e protegendo-se contra o vento, riscava um fósforo após o outro contra a caixa de aço, mas suas mãos tremiam tanto que os fósforos, apenas acesos, eram logo apagados pelo vento, no mesmo momento em que se aproximavam do cigarro. Finalmente um fósforo conseguiu pegar fogo e iluminou por um instante a pelagem da sua peliça, sua mão com o anel de ouro no dedo indicador curvado para dentro e a palha que escapava de sob o assento, coberta de neve, e o cigarro conseguiu ser aceso. Ele inalou avidamente por duas vezes, soltou a fumaça pelos bigodes e quis tragar mais uma vez, mas o vento arrebatou-lhe fumo e fogo e levou para onde já levara a palha.

Mas mesmo essas poucas tragadas de tabaco animaram Vassili Andrêitch.

— Se temos de pernoitar, pernoitaremos! — disse ele, decidido. — Mas, espera, eu ainda vou fazer uma bandeira — acrescentou, apanhando o lenço que tirara do pescoço e jogara no fundo do trenó. E, tirando as luvas, ficou de pé no trenó, alcançando com esforço a correia que amarrava as lanças e prendendo o lenço com um nó apertado em uma delas.

O lenço começou sem demora a agitar-se desesperadamente, ora colando-se à lança, ora esticando-se e estalando.

— Viu que jeitoso — disse Vassili Andrêitch, admirando sua obra ao voltar a sentar-se no trenó. — Juntos seria mais quente, mas não vamos caber no assento, os dois.

— Eu encontrarei lugar para mim — respondeu Nikita —, mas preciso cobrir o cavalo, ele está todo suado, o pobre querido. Dá licença — acrescentou, puxando o forro do assento debaixo de Vassili Andrêitch, e, dobrando-o, cobriu o Baio, depois de retirar as correias do seu lombo.

— Assim ficarás mais quente, bobinho — dizia ele, tornando a colocar as correias por cima do forro. — Não vais precisar deste pano de saco? E dê-me um pouco de palha também — disse Nikita, terminando esse serviço e aproximando-se do trenó.

E, tirando ambas as coisas de sob Vassili Andrêitch, Nikita foi para trás do trenó, cavou uma cova na neve, forrou-a com a palha, e, afundando o gorro sobre as orelhas, enrolou-se no caftan, cobriu-se por cima com o saco e sentou-se sobre a palha, encostado à traseira externa do trenó, que o protegia do vento e da neve.

Vassili Andrêitch balançou a cabeça desaprovadoramente para o que Nikita estava fazendo, criticando como sempre a ignorância e a estupidez dos mujiques, e começou a preparar-se para a noite.

Espalhou e alisou a palha restante no fundo do trenó, arrumou-a embaixo de si e, enfiando as mãos nas mangas, encostou a cabeça no canto do trenó, na parede da frente, ao abrigo do vento.

Vassili Andrêitch não tinha vontade de dormir. Ficou deitado, pensando. Pensava sempre sobre a mesma coisa, sobre aquilo que constituía a única meta, o sentido, a alegria e o orgulho da sua vida: dinheiro. Quanto dinheiro já ganhara, e quanto ainda poderia ganhar; quanto dinheiro ganharam e possuem outras pessoas, suas conhecidas, e como ele, assim como elas, poderá ainda ganhar muito dinheiro. A compra do bosque de Goriátchkino era para ele assunto de enorme importância. Tinha esperança de ganhar, com esse bosque, de uma só vez, uns dez mil rublos. E ele se pôs a avaliar, em pensamento, um bosque que vira no outono, no qual contara todas as árvores numa área de mais de dois hectares. "Os carvalhos darão madeira para patins de trenó. E tábuas, é claro. E lenha, uns trinta *sajens* por hectare", falava ele consigo mesmo. "Cada hectare dará, no mínimo, uns duzentos rublos de lucro, trinta e seis hectares, cinquenta e seis centenas, e mais cinquenta e seis dezenas, e mais cinquenta e seis..." Ele via que o lucro passaria de doze mil, mas sem fazer as contas não conseguia calcular a quantia exata. "Em todo o caso, dez mil eu não darei pelo bosque, mas uns oito mil eu pago, descontando as clareiras. Vou dar uma propina ao agrimensor — uns cem, ou até uns cento e cinquenta rublos, e ele vai me medir uns bons cinco hectares de clareiras. E o dono vai entregá-lo por oito mil — três mil à vista, no ato, adiantado. Isso vai amolecê-lo na certa", pensava ele, apalpando com o dorso da mão a carteira no bolso. "Mas, como é que fomos perder o caminho, só Deus sabe! Aqui devia existir uma floresta e uma guarita. Se ao menos a gente ouvisse os cachorros. Mas eles não latem, os malditos, quando é mais necessário..."

Ele afastou a gola da orelha para escutar melhor: mas só se ouviam os uivos do vento, os estalidos do lenço amarrado à lança e o ruído da neve açoitando as costas do trenó. Ele se cobriu de novo.

"Se pudesse prever isso, teria ficado para o pernoite na aldeia. Bem, não importa, chegaremos amanhã. É só um dia perdido. Com um tempo desses, os outros também não irão para lá." E ele se lembrou de que no dia nove tinha de cobrar do açougueiro. "O homem queria vir pagar sozinho; não vai me encontrar — e a mulher não vai saber receber o dinheiro. Ela é muito ignorante, não sabe lidar com as pessoas", continuava a pensar, lembrando-se de como ela não soubera tratar o chefe do distrito, que estivera em visita à sua casa, na véspera. "Já se sabe — mulheres! Onde é que ela já viu alguma coisa? No tempo dos meus pais, como era a nossa casa? Assim-assim, um camponês, um mujique rico: uma granja, uma estalagem, e só — era a propriedade inteira. E eu, o que foi que consegui em quinze anos? Uma venda, dois botequins, um moinho, um silo, duas propriedades arrendadas, uma casa com armazém de telhado de ferro", lembrou-se ele, com orgulho. "Bem diferente do tempo do meu pai. Hoje, de quem é a fama que ressoa na região? De Brekhunóv."

"E por que isso? Porque eu penso no trabalho, me esforço, não sou como alguns outros — uns preguiçosos, ou que se ocupam com bobagens. Mas eu passo noites em claro. Com nevasca ou sem nevasca, lá vou eu! Então o negócio vai em frente. Eles pensam que podem ganhar dinheiro assim, brincando. Nada disso, é preciso fazer força, quebrar a cabeça. Pernoitar em campo aberto, sem cerrar os olhos. A cabeça revira da de tanto parafusar", pensava ele, com orgulho. "Eles acham que se vence na vida por sorte. Veja só os Mironov, são milionários agora. E por quê? Trabalhe, e Deus te ajudará. Que Deus me dê saúde, é só isso!"

E a ideia de que poderia vir a ser milionário igual aos Mironov, que se fizeram do nada, emocionou tanto Vassili Andrêitch que ele sentiu necessidade de conversar com alguém. Mas não havia com quem conversar... Se ao menos chegassem até Goriátchkino, ele poderia conversar com o proprietário, fazê-lo ver umas tantas coisas.

"Mas que ventania! Vamos ficar tão cobertos que nem poderemos sair de manhã!", pensou ele, escutando a rajada de vento que soprava pela frente do trenó, açoitando-o com a neve. Vassili Andrêitch soergueu-se e olhou para trás: na trêmula e branca escuridão só vislumbrava a cabeça escura do Baio, o seu lombo coberto pela manta, que se agitava, e a cauda amarrada em nó. Mas, em volta, por todos os lados, na frente, atrás, reinava balouçante a mesma escuridão monótona e branca, por vezes como que clareando um pouco, outras ficando ainda mais espessa.

"Eu não devia ter ouvido Nikita", pensava ele. "Devíamos ter prosseguido, sempre chegaríamos a algum lugar. Se ao menos pudéssemos voltar para Gríchkino, pernoitar em casa do Tarás. E, agora, vamos ficar encalhados aqui a noite inteira. Mas o que eu pensava de bom? Sim, que Deus recompensa a quem trabalha, e não aos indolentes, aos preguiçosos e aos tolos. Mas preciso fumar um pouco!"

Ele se sentou, tirou a cigarreira e deitou-se de bruços, protegendo o fogo contra o vento com a barra da peliça, mas o vento penetrava e apagava os fósforos, um por um. Finalmente, ele conseguiu acender um cigarro e inalou. Ficou muito contente por tê-lo conseguido. Embora o vento fumasse o cigarro mais que ele, mesmo assim chegou a dar umas três tragadas e se sentiu novamente mais animado. Recostou-se de novo, enrolou-se na peliça e recomeçou a pensar, a lembrar, a devanear; e, de repente, inopinadamente, perdeu a consciência e cochilou.

Mas, súbito, algo pareceu empurrá-lo, despertando-o. Se o Baio puxou a palha debaixo dele, ou alguma coisa o perturbou por dentro, o fato é que acordou com o coração palpitando tanto que lhe pareceu que o trenó tremia todo. Vassili Andrêitch abriu os olhos. Em seu redor estava tudo igual, só que parecia haver mais claridade. "Está clareando", pensou ele, "decerto já falta pouco para amanhecer." Mas logo compreendeu que estava mais claro só porque a lua acabara de aparecer.

Soergueu-se e examinou primeiro o cavalo. O Baio continuava de traseiro voltado para o vento e tremia com o corpo inteiro. A manta escorregara para um lado, e a cabeça, coberta de neve, com a crina esvoaçando ao vento, estava mais visível. Vassili Andrêitch voltou-se para trás: Nikita permanecia na mesma posição, com as pernas debaixo da manta, cobertas de neve espessa. "Tomara que o mujique não morra congelado, roupinha ruim, a dele. Ainda acabo sendo responsabilizado... que gente desmiolada, ignorante mesmo...", pensou Vassili Andrêitch, e fez menção de tirar a manta do cavalo para agasalhar Nikita, mas sentia frio demais para se levantar e mudar de posição, e também ficou com receio de resfriar o cavalo. "E para que fui trazer o Nikita comigo? Tudo tolice, culpa dela!", pensou, lembrando-se da esposa mal-amada, e voltando a recostar-se como antes, na frente do trenó. "Foi assim que um sujeito passou uma noite inteira dentro da neve", lembrou-se ele, "e não aconteceu nada. É, mas o Sevastian foi desenterrado", lembrou-se no mesmo momento. Tinha morrido enrijecido, como uma carcaça congelada. Eu devia ter ficado em Gríchkino para pernoitar, e não haveria nada disso."

E, envolvendo-se cuidadosamente na peliça, para não perder nem um pouco do seu calor no pescoço, nos joelhos e nas plantas dos pés, Vassili Andrêitch fechou os olhos, procurando adormecer de novo. Mas, por mais que tentasse, agora não conseguia relaxar o bastante: pelo contrário, sentia-se cada vez mais desperto e atento. Pôs-se a calcular de novo os seus lucros e a dívida dos seus devedores; de novo começou a vangloriar-se perante si mesmo e a rejubilar-se com a sua própria importância — mas agora tudo isso era interrompido a cada momento por um medo sorrateiro e o insistente arrependimento por não ter aceitado o pernoite em Gríchkino: "Seria outra coisa, eu estaria deitado no banco, quentinho".

Virou-se várias vezes, procurando acomodar-se, encontrar uma posição mais jeitosa e protegida do vento, mas tudo lhe parecia desconfortável; soerguia-se de novo, enrolava as pernas, fechava os olhos e aquietava-se. Mas ora as pernas comprimidas nas botas justas e forradas começavam a doer, ora o vento penetrava por algum lugar, e ele, imediatamente, tornava a lembrar-se, aborrecido, de como poderia estar agora deitado na *isbá* aquecida em Gríchkino, e soerguia-se de novo, revirava-se, enrolava-se, e deitava-se outra vez.

Em certo momento, pareceu-lhe ouvir o canto distante de galos. Ficou animado, afastou a gola e ficou atento, mas, por mais que forçasse os ouvidos, não escutava nada além do som do vento silvando entre as lanças e drapejando o lenço, e da neve açoitando as paredes do trenó.

Nikita permanecia sentado, na mesma posição que assumira na véspera, e continuava imóvel, sem ao menos responder a Vassili Andrêitch, que se dirigira a ele por duas vezes. "Ele nem se incomoda, deve estar dormindo", pensava Vassili Andrêitch, irritado, espiando por cima da traseira do trenó o vulto de Nikita encoberto pela neve.

Levantou-se e deitou-se umas vinte vezes. Parecia-lhe que essa noite não teria mais fim. "Agora já deve estar quase amanhecendo", pensou ele, levantando-se e olhando em volta. "Deixa olhar o relógio. Mas está frio demais para descobrir-me. Bem, se eu vir que está amanhecendo, ficarei mais animado. Vamos poder atrelar..." Mas, no fundo da sua alma, Vassili Andrêitch sabia que ainda não estava amanhecendo, e começava a ficar cada vez mais apreensivo, querendo, ao mesmo tempo, acreditar e enganar a si mesmo. Abriu cautelosamente os colchetes da peliça e, metendo a mão no regaço, ficou muito tempo remexendo ali, até encontrar o colete. A duras penas, conseguiu puxar para fora o seu relógio de prata com florzinhas de esmalte. Mas sem fogo não dava para ver nada. Ele tornou a agachar-se sobre os joelhos e cotovelos, como quando acendia o cigarro; alcançou os fósforos e, tomando mais cuidado desta vez, apalpando com os dedos o de cabeça maior, conseguiu acender um deles logo na primeira tentativa. Olhou para o mostrador debaixo da luz e não acreditou nos próprios olhos. Era apenas meia-noite e dez. A noite inteira ainda estava pela frente.

"Ah, que noite interminável!", pensou Vassili Andrêitch, sentindo um arrepio gelado na espinha e, abotoando-se e cobrindo-se de novo, apertou-se contra o canto do trenó, preparando-se para uma espera paciente.

Súbito, por trás do rumor monótono do vento, ouviu um som novo e vivo que ia ficando mais forte, e, após chegar a ficar bem nítido, começou a enfraquecer com a mesma regularidade. Não havia qualquer dúvida de que se tratava de um lobo. E esse lobo uivava tão próximo que dava para perceber até como ele, movendo as mandíbulas, mudava os tons de sua voz. Vassili Andrêitch afastou a gola e escutou atentamente. O Baio também escutava, tenso, mexendo as orelhas, e, quando o lobo terminou o seu uivo, moveu as patas e bufou em advertência. Depois disso, Vassili Andrêitch não só não conseguia mais adormecer como sequer tranquilizar-se. Por mais que tentasse pensar nas suas contas, nos seus próprios negócios, e na sua fama, importância e riqueza, não conseguia concentrar-se, e suas ideias se misturavam, vencidas pelo medo que o dominava cada vez mais, e a todos os pensamentos sobrepunha-se, e com eles se mesclava o pensamento sobre por que ele não ficara para passar a noite em Gríchkino.

"Deixa pra lá o tal bosque, tenho negócios suficientes sem ele, graças a Deus. Ai, eu deveria ter pernoitado em Gríchkino!", dizia para si mesmo. "Dizem que os ébrios é que morrem gelados", pensou ele. "E eu bebi." E, atento às suas sensações, percebeu que começava a tremer, não sabendo se tiritava de frio ou de medo. Tentava cobrir-se e continuar deitado como antes, mas já não podia fazê-lo. Impossível conservar-se no lugar, queria levantar-se, empreender alguma coisa para abafar o medo que crescia dentro dele, e contra o qual se sentia impotente. Tornou a pegar os cigarros e os fósforos, mas sobravam apenas três, os piores. Todos falharam e não pegaram fogo.

— Ah, o diabo que te carregue, maldito, vai pro inferno! — invectivou ele, sem mesmo saber contra quem, e jogou o cigarro amarrotado. Quis jogar também a caixa de fósforos, mas, interrompendo o gesto, enfiou-a no bolso. Foi tomado de tamanha agitação que não conseguia mais ficar quieto. Desceu do trenó, ficou de costas para o vento, e pôs-se a apertar o cinto, baixo e firme.

"Não adianta ficar deitado aqui, esperando pela morte! É montar no cavalo e adeus!", passou-lhe de repente pela cabeça. "Montado, o cavalo não para. Ele...", pensando em Nikita, "...vai morrer de qualquer jeito. E que vida é a dele? Ele nem liga para a sua vida, enquanto eu, graças a Deus, tenho razões para viver...".

E, desamarrando o cavalo, jogou as rédeas por cima da cabeça do animal e tentou montá-lo, mas as peliças e as botas eram tão pesadas que ele caiu. Então ficou de pé no trenó e tentou montar a partir dali, mas o trenó balançou sob o seu peso e ele despencou de novo. Finalmente, na terceira tentativa, aproximou o cavalo do trenó, e, colocando-se cautelosamente na beirada, conseguiu encarrapitar-se e ficar atravessado, de barriga para baixo, no lombo do Baio. Depois de ficar assim por alguns momentos, foi-se arrastando para a frente, pouco a pouco, até que conseguiu jogar uma perna por cima do lombo do animal, para, por fim, aprumar-se e sentar com as plantas dos pés apoiadas na correia da retranca. Mas o safanão do trenó estremecido acordou Nikita, que se soergueu, e pareceu a Vassili Andrêitch que ele dizia alguma coisa.

— Só me faltava escutá-lo, povinho ignorante! Só para perecer aqui, a troco de nada? — gritou Vassili Andrêitch, e, enfiando debaixo dos joelhos as abas esvoaçantes da peliça, virou o cavalo e atiçou-o contra o trenó, na direção onde supunha que deveriam estar a floresta e a guarita.

VII

Desde que se sentara, coberto pela serapilheira, atrás da traseira do trenó, Nikita permanecera imóvel. Ele, como todos aqueles que convivem com a natureza, era paciente e capaz de esperar calmamente durante horas e até dias, sem sentir inquietação ou irritação. Ouvira o patrão chamá-lo, mas não respondera porque não queria responder nem se mover. Embora ainda se sentisse aquecido pelo chá que bebera, e por ter-se agitado bastante andando pelos montes de neve, Nikita sabia que esse calor não duraria muito e que, para aquecer-se pelo movimento, não teria mais forças, pois já se sentia tão cansado como um cavalo quando para sem poder andar mais, apesar das chicotadas, e o dono percebe a necessidade de alimentá-lo para que possa trabalhar de novo. Com um dos seus pés enregelado dentro da bota furada, Nikita já não sentia o polegar, e além disso, seu corpo esfriava cada vez mais. A ideia de que poderia e, provavelmente, até deveria morrer nesta noite já lhe ocorrera, mas não lhe pareceu nem tão desagradável nem especialmente assustadora. E essa ideia não lhe parecia especialmente desagradável porque a sua vida inteira não fora nenhuma festa permanente, pelo contrário, fora um servir aos outros interminável, o que já começava a fatigá-lo. Também não lhe era especialmente assustadora porque, além dos patrões como Vassili Andrêitch, a quem servia aqui, ele se sentiu sempre, nesta existência, dependente do Patrão maior, Aquele que o enviou para esta vida, e sabia que, mesmo morrendo, continuaria sob o poder desse mesmo Senhor, e que esse Senhor não o abandonaria. "Se dá pena deixar o conhecido, o costumeiro? E daí? Também é preciso acostumar-se ao novo."

"Pecados?", pensou, e se lembrou das bebedeiras, do dinheiro esbanjado com a bebida, das ofensas à mulher, dos insultos, da ausência da igreja, da inobservância dos jejuns e de tudo aquilo pelo que o padre o censurava durante a confissão. "Está certo, há os pecados. Mas como, será que fui eu mesmo que os chamei sobre mim? Vai ver que foi assim que Deus me fez. Pois é, pecados! E aonde eu vou me enfiar?"

Matutou assim, no começo, sobre o que poderia advir-lhe nessa noite, mas depois não voltou mais a esses pensamentos e se entregou às recordações que lhe vinham à cabeça por si mesmas. Ora se lembrava da chegada de Marfa, ora das bebedeiras dos trabalhadores, ora das suas próprias recusas ao vinho; e dessa viagem de agora, e da *isbá* de Tarás, e das conversas sobre partilhas, e do rapazola seu filho, e do Baio, que se aquecia agora debaixo da manta, e do patrão, que estava fazendo ranger o trenó, revirando-se dentro dele. "Ele também, coitado, acho que se arrepende de ter saído com este tempo", pensava Nikita. "Com uma vida como a dele não dá vontade de morrer. Não é como nós outros." E todas essas lembranças começaram a embaralhar-se, a confundir-se na sua cabeça, e ele adormeceu.

Quando, porém, Vassili Andrêitch, ao montar no Baio, balançou o trenó, e a traseira na qual Nikita estava encostado foi

SENHOR E SERVO   163

sacudida, dando-lhe um violento tranco, ele acordou e, querendo ou não, teve de mudar de posição. Esticando as pernas com dificuldade e sacudindo a neve, Nikita levantou-se e, no mesmo momento, um frio torturante invadiu-lhe o corpo inteiro. Compreendendo o que acontecia, desejou que Vassili Andrêitch lhe deixasse a manta, agora inútil para o cavalo, a fim de cobrir-se com ela, e gritou para pedi-la.

Mas Vassili Andrêitch não parou e desapareceu no meio da nuvem de neve. Ficando só, Nikita pensou por um momento no que fazer. Sentia que não tinha forças para sair à procura de abrigo. E voltar para o lugar anterior já era impossível, porque estava todo coberto de neve. E, dentro do trenó, sabia que não iria aquecer-se, pois não tinha com o que se cobrir, e a sua própria roupa, precária, já não o esquentava de todo: sentia tanto frio como se estivesse em mangas de camisa. Nikita teve medo. "Paizinho do céu!", balbuciou, e a consciência de que não estava sozinho, de que Alguém o ouvia e não o abandonaria, tranquilizou-o. Deu um suspiro profundo e, sem tirar a sarapilheira da cabeça, subiu no trenó e deitou-se no lugar do patrão.

Mesmo dentro do trenó, não conseguiu se aquecer. No começo, tiritava dos pés à cabeça e, depois, quando o tremor passou, começou, pouco a pouco, a perder a consciência. Não sabia se estava morrendo ou adormecendo, mas se sentia igualmente preparado para qualquer dos casos.

VIII

Nesse ínterim, Vassili Andrêitch, usando os pés e as pontas das rédeas, forçava o cavalo a correr na direção onde imaginava que deveriam ficar a floresta e a guarita. A neve cegava-lhe os olhos, e o vento parecia querer fazê-lo parar, mas ele, curvado para a frente e juntando incessantemente as abas da peliça entre as pernas, não parava de incitar o cavalo, o qual, com grande esforço, ia andando, submisso, para onde era mandado.

Durante uns cinco minutos ele foi indo, como lhe parecia, sempre em frente, sem enxergar nada, além da cabeça do cavalo e do deserto branco, e também sem ouvir nada além do silvar do vento junto às orelhas do cavalo e da gola de sua peliça.

Súbito, algo pretejou na sua frente. Seu coração palpitou de alegria e ele dirigiu-se para lá, pensando ver as paredes das casas de uma aldeia. Mas a coisa preta não estava imóvel, mexia-se o tempo todo, e não era uma aldeia, mas uma fileira alta de artemísias secas, que, plantadas numa divisa, furavam a neve e agitavam-se desesperadamente sob a pressão do vento que assoviava e as curvava para um lado. E, por algum motivo, a visão desse artemisal torturado pela ventania inclemen-

SENHOR E SERVO 165

te fez Vassili Andrêitch estremecer com um terror estranho, e ele começou a apressar o cavalo, sem perceber que, ao se aproximar daquele lugar, mudara completamente de rumo. Agora ele tocava o cavalo na direção oposta, imaginando ir para o lugar onde estaria a guarita. Mas o Baio sempre puxava para a direita e, por isso, ele o forçava a andar para a esquerda o tempo todo. Novamente algo pretejou na sua frente. Ele se animou, certo de que agora era mesmo a aldeia. Mas era outra vez a divisa coberta de artemísias. Novamente, sacudiam-se desesperadamente as ervas secas, enchendo Vassili Andrêitch de estranho terror. Pior que isso, ele viu no chão, já meio encobertas pela neve, marcas de cascos de cavalo, que só podiam ser as do Baio. Tudo indicava que ele andara em círculos, numa área reduzida. "Vou perecer assim!", pensou ele, mas, para não ceder ao medo, pôs-se a espicaçar o cavalo mais ainda, fixando os olhos na penumbra branca da neve, na qual lhe parecia vislumbrar pontos luminosos que logo sumiam assim que os fitava melhor. Uma vez pareceu-lhe ouvir latidos de cães ou uivos de lobos, mas eram sons tão fracos e vagos que não sabia se os ouvia mesmo ou se não passavam de ilusão. E ele parou tenso para escutar.

Súbito, um grito terrível e ensurdecedor soou nos seus ouvidos, e tudo vibrou e tremeu debaixo dele. Vassili Andrêitch agarrou-se ao pescoço do cavalo, mas também o pescoço do cavalo sacudia-se todo, e o grito terrível se tornou ainda mais pavoroso. Por alguns segundos, Vassili Andrêitch não conseguiu recuperar-se nem compreender o que acontecera. Mas o que ocorreu foi apenas que o Baio, tentando animar-se ou clamando por socorro, relinchara com a sua voz sonora e possante.

— Vai pro inferno! Que susto me deste, maldito! — exclamou Vassili Andrêitch. Mas, mesmo compreendendo a verdadeira causa do seu medo, ele já não conseguia enxotá-lo. "Preciso refletir, acalmar-me", dizia para si mesmo. Mas, ao mesmo tempo, não conseguia conter-se e continuava a forçar o cavalo, sem perceber que agora andava a favor do vento, e não contra. Seu corpo, especialmente a parte em contato com o assento, dói de frio, os pés e as mãos tremem, e a respiração fica ofegante. E ele percebe que está perecendo no meio deste terrível deserto nevado, sem vislumbrar qualquer meio de se salvar.

De repente, o Baio cedeu debaixo dele e, afundando-se num barranco de neve, começou a debater-se e a cair para um lado. Vassili Andrêitch pulou fora, arrastando o assento no qual se segurava, e no mesmo momento o cavalo, com um arranco, deu um salto, depois outro, e, relinchando e arrastando os arreios, sumiu de vista, deixando Vassili Andrêitch sozinho no monte de neve. Vassili Andrêitch tentou correr atrás dele, mas a neve era tão funda e as suas peliças tão pesadas que, afundando cada perna acima do joelho, ele, em menos de vinte passos, parou esbaforido.

"O bosque, os arrendamentos, o armazém, os botequins, a casa de telhado de ferro, o silo, o herdeiro", pensou ele, "como vai ficar tudo isso? Mas o que é isso? Não é possível!", passou-lhe pela cabeça. E lembrou-se de novo das artemísias balançando ao vento que tanto o assustaram, e ele foi tomado de tamanho terror que não conseguia acreditar na realidade do que lhe estava acontecendo. "Não será um pesadelo, tudo isto?" E ele queria acordar, mas não havia para onde acordar. Esta era uma neve real, a que lhe açoitava o rosto, e o cobria, e gelava

SENHOR E SERVO 167

a sua mão direita, cuja luva se perdera; e era um deserto real, este no qual ele agora se encontrava solitário, real como aquele artemisal, à espera da morte inevitável, iminente e sem sentido.

"Santa Mãe do Céu, meu Santo Pai Nicolau, mestre da abstinência", lembrou-se ele das rezas da véspera e da imagem de rosto negro, cercado de ouro, e das velas que ele vendia para essa imagem e que logo lhe eram devolvidas, apenas um pouco chamuscadas, e as quais ele guardava numa caixa. E começou a implorar a esse mesmo Nicolau milagroso que o salvasse, prometendo-lhe missas e círios. Mas logo, ali mesmo, ele compreendeu, com toda a clareza e sem qualquer dúvida, que essa imagem, o ouro, as velas, o padre, as orações — tudo isso era muito importante e necessário lá, na igreja; mas que aqui, neste lugar, essas coisas nada podiam fazer por ele, que entre as velas e rezas e sua mísera situação atual não havia nem poderia haver qualquer ligação.

"Não devo desanimar", pensou ele. "Preciso seguir as pegadas do cavalo, antes que se apaguem", lembrou-se. "Ele vai me guiar, quem sabe até poderei alcançá-lo. O principal é não me afobar, senão fico exausto e, assim, estarei perdido mesmo." Mas, apesar da intenção de andar devagar, ele se precipitou para a frente e correu, tropeçando e caindo o tempo todo, levantando-se e caindo de novo. As pegadas do cavalo já estavam quase imperceptíveis nos lugares onde a neve era mais funda. "Estou perdido", pensou Vassili Andrêitch. "Vou perder as pegadas, não vou alcançar o cavalo." Mas, no mesmo instante, olhando para a frente, ele viu uma coisa escura. Era o Baio, e não só o Baio, mas também o trenó e o lenço amarrado à lança vertical. O Baio estava lá, parado, sacudindo a cabeça que os arreios puxavam para baixo; estes haviam caído de lado e não mais se encontravam no lugar anterior, mas mais perto das lanças. O que acontecera é que Vassili Andrêitch caíra na mesma vala onde afundara antes com Nikita, que o cavalo o estava levando de volta para o trenó, e que ele saltara do seu lombo a não mais de cinquenta passos do lugar onde se encontrava o trenó.

IX

Arrastando-se até o trenó, Vassili Andrêitch agarrou-se a ele e ficou parado por muito tempo, imóvel, procurando acalmar-se e recuperar o alento. Nikita não se encontrava no lugar onde o deixara, mas dentro do trenó jazia algo, já todo encoberto pela neve, e Vassili Andrêitch adivinhou que era Nikita. O medo de Vassili Andrêitch passara completamente, e, se agora ele temia alguma coisa, era somente aquele horrível estado de pânico que experimentara no cavalo, em especial quando ficara sozinho no monte de neve. Era imprescindível não permitir que esse medo se aproximasse e, para não deixá-lo voltar, era preciso fazer alguma coisa, ocupar-se de algum modo. Assim, a primeira coisa que ele fez foi colocar-se de costas para o vento e abrir a peliça. Depois, assim que recobrou um pouco o fôlego, sacudiu a neve de dentro das botas e da luva esquerda — a direita estava irremediavelmente perdida, devia estar três palmos debaixo da neve; a seguir, tornou a apertar o cinto, baixo e firme, como se cingia quando saía da venda para comprar das carroças o trigo trazido pelos mujiques, e preparou-se para a ação.

A primeira coisa a fazer era livrar a pata do cavalo. Foi o que Vassili Andrêitch fez e, soltando os arreios, tornou a amarrar o Baio na argola de ferro na frente do trenó, no lugar antigo, e passou para trás do cavalo, a fim de arrumar as correias e os arreios no seu lombo. Mas, nesse momento, ele viu que alguma coisa se movia no trenó, e, de sob a neve que o cobria, levantou-se a cabeça de Nikita. Aparentemente com grande esforço, o já quase enregelado Nikita soergueu-se e sentou-se de um modo estranho, agitando a mão diante do nariz, como se espantasse moscas. Ele abanava a mão e dizia algo, que pareceu a Vassili Andrêitch um chamado.

Vassili Andrêitch largou os arreios sem terminar de arrumá-los e aproximou-se do trenó.

— O que é? — perguntou ele. — O que estás dizendo?

— Es-estou mor-morrendo, é isso — articulou Nikita com dificuldade, a voz entrecortada. — O que ganhei, entrega ao meu filho ou à minha velha, tanto faz.

— O que foi, será que estás gelado? — perguntou Vassili Andrêitch.

— Estou sentindo... é a minha morte... perdoa, pelo amor de Cristo... — disse Nikita, com voz chorosa, continuando a abanar as mãos diante do rosto, como se enxotasse moscas.

Vassili Andrêitch ficou meio minuto parado, imóvel e calado. Depois, com a mesma determinação de um aperto de mão à conclusão de um negócio vantajoso, ele recuou um passo, arregaçou as mangas da peliça e, com ambas as mãos, pôsse a remover a neve de cima de Nikita e do trenó. Retirada a neve, Vassili Andrêitch afrouxou apressadamente o cinto, abriu a peliça e, empurrando Nikita, deitou-se em cima dele, cobrindo-o não só com a sua peliça, mas com todo o seu corpo quente e afogueado. Enfiando as abas da peliça entre Nikita e as paredes do trenó, e apertando-o entre os joelhos, Vassili Andrêitch ficou deitado assim, de bruços, com a cabeça apoiada na parede fronteira do trenó, e agora já não ouvia nem os movimentos do cavalo, nem os silvos da tempestade, mas só atentava na respiração de Nikita. Nikita permaneceu imóvel durante muito tempo, depois suspirou alto e se moveu.

— Agora sim! E tu dizias que estavas morrendo. Fica deitado, aquece-te, que nós aqui... — começou Vassili Andrêitch.

Mas, para seu grande espanto, não conseguiu continuar, porque lágrimas lhe assomaram aos olhos e a mandíbula inferior começou a tremer miúdo. Ele parou de falar e só engolia o que lhe subia à garganta. "Fiquei apavorado demais, parece que estou bem fraco", pensou ele de si mesmo. Mas essa fraqueza não só não lhe era desagradável, como lhe proporcionava um deleite singular, nunca antes experimentado.

"Então conosco é assim", dizia ele consigo, sentindo uma estranha, enternecida e solene emoção. Durante um bom tempo, ficou deitado assim, silencioso, enxugando os olhos com a gola de pele e enfiando sob os joelhos a aba direita da peliça, que o vento insistia em abrir.

Mas ele sentia uma vontade enorme de falar com alguém sobre o seu estado de espírito tão jubiloso.

— Nikita! — disse ele.

— Que bom, estou quente! — foi a resposta que ouviu debaixo dele.

— Pois é, meu irmão, foi quase o meu fim. E tu ias morrer gelado, e eu também...

Mas, nesse momento, seu queixo recomeçou a tremer, os olhos tornaram a se encher de lágrimas, e ele não conseguiu falar mais.

"Ora, não faz mal", pensou ele, "eu mesmo sei de mim o que sei."

E Vassili Andrêitch calou-se. Ficou deitado assim por muito tempo.

Sentia-se aquecido por baixo, por Nikita, e por cima, pela sua peliça; só as mãos, com as quais segurava as abas da peliça dos lados de Nikita, e os pés, dos quais o vento ininterruptamente arregaçava a peliça, começavam a esfriar, especialmente a mão direita, sem a luva. Mas ele não pensava nos pés, nem nas mãos, só pensava em como reaquecer o mujique estendido embaixo dele.

Algumas vezes Vassili Andrêitch relanceou os olhos para o cavalo e viu que o seu lombo estava descoberto, que as cobertas escorregaram para a neve e que seria preciso levantar-se e cobri-lo, mas não conseguia decidir-se a abandonar Nikita nem por um minuto, e quebrar o estado jubiloso em que se encontrava. Já não sentia medo algum agora.

"Deixa estar, daqui ele não escapa", dizia para si mesmo sobre como reaqueceria o mujique, com a mesma bazófia com que falava das compras e vendas que realizava.

Vassili Andrêitch permaneceu deitado assim uma, duas, três horas, mas não percebia o tempo passar. No começo, por sua imaginação passavam impressões da nevasca, das lanças do trenó e da cabeça do cavalo sob a *dugá*, todas dançando diante dos seus olhos — como também de Nikita, deitado debaixo dele; a seguir, elas começaram a se mesclar com recordações da festa, da mulher, do policial, da caixa de velas, e novamente Nikita, deitado debaixo dessa caixa; depois, começaram a aparecer os mujiques, a comprar e a vender, e paredes brancas, e casas com telhados de ferro, sob os quais jazia Nikita; depois

SENHOR E SERVO 173

tudo isso se misturou, as coisas foram entrando umas nas outras e, como as cores do arco-íris que se fundem numa única cor branca, todas essas diversas impressões se fundiram num só nada, e ele adormeceu.

Dormiu muito tempo sem sonhos, mas, antes do amanhecer, os sonhos voltaram. Vassili Andrêitch viu-se parado diante da caixa de velas. A mulher de Tikhón lhe pede uma vela de cinco copeques para a festa, e ele quer pegar uma vela para lhe dar, mas suas mãos não lhe obedecem, metidas nos bolsos. Quer contornar a caixa, mas os pés não se movem: as galochas novas, reluzentes, grudaram-se no assoalho de pedra, e não é possível arrancá-las do chão, nem sair delas. E, de repente, a caixa de velas deixa de ser uma caixa de velas e se transforma numa cama, e Vassili Andrêitch se vê deitado de barriga na caixa de velas, isto é, na sua própria cama, em casa. Está deitado sobre a cama e não pode se levantar, mas precisa, porque aguarda a chegada de Ivan Matvêitch, o oficial, que vem buscá-lo para irem juntos para acertarem o preço do bosque, ou arrumarem os arreios do Baio. E ele perguntou à esposa, "Como é, Nicoláievna, ele ainda não chegou?". "Não", diz ela, "não chegou". E ele ouve um carro se aproximando da porta, decerto é ele. Mas não, passou ao largo. "Nicoláievna", ele pergunta, "como é, ele não veio ainda?". "Não veio", responde ela. E Vassili Andrêitch continua deitado na cama e não consegue se levantar, esperando e esperando, e esta espera é ao mesmo tempo assustadora e jubilosa. E, de repente, o júbilo se cumpre: chega quem ele esperava, mas já não é Ivan Matvêitch, da polícia, e, sim, um outro: Aquele mesmo, o Esperado. Ele chegou e chamou-o pelo nome, e é Aquele mesmo que o chamara e lhe ordenara deitar-se sobre

Nikita. E Vassili Andrêitch está contente, porque Alguém veio buscá-lo. "Eu vou!", grita ele feliz, e este grito o acorda. E ele acorda, mas acorda um homem completamente diferente daquele que adormecera. Ele quer levantar-se — e não consegue; quer mover a mão, e não consegue; quer mover o pé, e também não consegue. E ele se espanta, mas não fica nem um pouco aborrecido. Compreende que isso é a morte, mas não fica nem um pouco aborrecido com isso. E ele se lembra de que Nikita está debaixo dele, que o mujique se aqueceu e está vivo, e lhe parece que ele é Nikita e Nikita é ele, e que a sua própria vida não está dentro de si, mas dentro de Nikita. Força o ouvido e ouve a respiração e até o leve ressonar de Nikita. "Nikita está vivo, quer dizer que eu também estou vivo", diz para si mesmo, triunfante.

E Vassili Andrêitch se lembra do dinheiro, do armazém, da casa, das compras e dos milhões dos Mironov; e é-lhe difícil compreender por que esse homem, a quem chamavam Vassili Brekhunóv, ocupava-se e preocupava-se com todas essas coisas. "Ora, é que ele não sabia do que se tratava", pensa ele a respeito daquele Brekhunóv. "Ele não sabia o que eu sei agora. Agora não há erro. *Agora* eu sei." E novamente ele ouve o chamado Daquele que já o chamara. "Eu vou, eu vou!", responde todo o seu ser, jubiloso e comovido. E ele sente que está livre, e que nada o prende mais.

E nada mais Vassili Andrêitch ouviu ou sentiu neste mundo. Em volta continuava a reinar a fúria da tempestade. Os mesmos turbilhões de neve rodopiavam, cobrindo a peliça sobre o corpo de Vassili Andrêitch, e o Baio todo tremendo, e o trenó já quase invisível e, no fundo dele, deitado debaixo do patrão já morto, Nikita, aquecido e vivo.

X

Ao amanhecer, Nikita acordou. Foi despertado pelo frio que já começava a penetrar-lhe nas costas. Sonhava que voltava do moinho, com uma carga de farinha do patrão, e que, ao atravessar o ribeirão, errara o caminho e afundara a carroça na lama. Sonhava que havia-se metido por baixo da carroça e tentava levantá-la. Forçando as costas. Mas, coisa estranha: a carroça havia-se quedado nele e ele não conseguia levantá-la, nem sair debaixo dela. Sente a cintura toda esmagada. E como está frio! É preciso sair debaixo. "Já basta!", diz ele a alguém que lhe pressiona as costas com a carroça. "Retira os sacos!" Mas a carroça o esmaga, cada vez mais fria, e súbito ele ouve um golpe estranho: acorda totalmente e se lembra de tudo. A carroça fria é seu patrão morto, enrijecido, deitado sobre ele. E a pancada era o Baio, que dera dois coices no trenó.

— Andrêitch, Andrêitch! — Nikita chama o patrão, cautelosamente, já pressentindo a verdade endurecendo as costas. Mas Andrêitch não responde, e sua barriga e suas pernas, duras e frias, pesam como pesos de ferro.

"Finou-se, decerto. Deus o guarde!", pensa Nikita.

Vira a cabeça, afasta a neve com a mão e abre os olhos.

Já está claro. O vento continua silvando e a neve caindo, com a única diferença de que já não açoita os lados do trenó, mas vai cobrindo silenciosamente o trenó e o cavalo, cada vez mais alto, e já não se sente mais o movimento nem se ouve a respiração do cavalo. "Também o Baio deve estar morto", pensa Nikita. E, com efeito, aquelas pancadas com os cascos na parede do trenó, que acordaram Nikita, eram os últimos esforços, para conservar-se de pé, do Baio moribundo, já completamente enrijecido.

— Deus, meu Senhor, parece que já me chamas a mim também — diz Nikita. — Seja feita a Tua vontade. Mas dá medo. Ora, pois, duas mortes não acontecem, mas de uma não se escapa. Pois que seja rápido, é só o que peço...

E ele cobre novamente a mão, fecha os olhos e se deixa cochilar, totalmente seguro de que agora estava morrendo mesmo.

Foi só na hora do almoço do dia seguinte que uns mujiques desencavaram, com suas pás, Vassili Andrêitch e Nikita, a trinta *sajens* da estrada e a meia *verstá* da aldeia.

A neve cobrira o trenó por inteiro, mas as lanças verticais e o lenço amarrado nelas ainda estavam visíveis. O Baio, afundado na neve até a barriga, estava de pé, todo branco, a cabeça morta apertada contra o pescoço petrificado, as ventas cheias de gelo e os olhos embaçados como lágrimas congeladas. Definhara tanto numa única noite, que dele só restavam pele e ossos.

Vassili Andrêitch, duro como uma carcaça congelada, foi arrancado de cima de Nikita, de pernas abertas, tal como se deitara sobre ele. Seus olhos de gavião, arregalados, estavam congelados, e a boca aberta, debaixo do bigode, estava cheia de neve. Nikita porém estava vivo, embora todo gelado. Quando o acordaram, acreditava já estar morto e que tudo o que lhe acontecia agora se passava não mais neste mundo, mas no outro. Mas, quando ouviu os gritos dos mujiques que o desencavavam e arrancavam de cima dele o corpo endurecido de Vassili Andrêitch, Nikita espantou-se no começo, porque no outro mundo os mujiques gritavam do mesmo jeito, e o corpo era o mesmo. Mas, ao compreender que ainda se encontrava aqui, neste mundo, ficou mais aborrecido que contente, especialmente quando sentiu que os dedos dos seus pés estavam congelados.

Nikita ficou no hospital durante dois meses. Três dedos dos seus pés tiveram de ser amputados, mas os outros sararam, de modo que ele pôde continuar a trabalhar. E continuou vivo por mais vinte anos, primeiro como trabalhador rural, e, na velhice, como vigia noturno.

Nikita acabou morrendo em casa, como desejava, sob as imagens dos santos e com uma vela de cera acesa na mão. Antes de morrer, pediu perdão à sua velha e, por sua vez, perdoou-a, pelo toneleiro. Despediu-se também do filho e dos netinhos, e morreu sinceramente feliz porque, com sua morte, livrava o filho e a nora do fardo de uma boca a mais e porque, ele mesmo, já passava desta vida da qual estava farto para aquela outra vida, que, a cada ano e hora, se lhe tornava mais compreensível e sedutora.

Estará ele melhor ou pior lá, onde acordou, depois desta morte verdadeira? Terá ficado desapontado ou encontrou aquilo que esperava? Todos nós o saberemos, em breve.

O PRISIONEIRO DO CÁUCASO

I

No Cáucaso, servia como oficial do exército um cavalheiro de nome Jílin.

Certo dia, Jílin recebeu uma carta de casa. A mãe idosa lhe escrevia: "Já estou muito velha e gostaria de rever meu filho querido antes de morrer. Vem despedir-te de mim, sepultar-me, e então vai com Deus, volta para o teu serviço. E eu já achei uma noiva para ti: é ajuizada e bonita e tem posses também. Quem sabe ela te agrada, casas-te, e acabas ficando aqui de uma vez".

Jílin ficou pensativo: "Na verdade, a velha já está bem mal; talvez eu nem torne a vê-la. É melhor ir até lá e, se a noiva for boa, posso até me casar".

Ele foi ao comandante, arranjou uma licença, despediu-se dos companheiros, deu quatro baldes de vodca aos seus soldados, como despedida, e preparou-se para partir.

Naquela época o Cáucaso estava em pé de guerra. Pelas estradas não havia passagem nem de dia nem de noite. Assim que algum dos russos se afastava do forte, os tártaros logo o matavam ou então o arrastavam para as suas montanhas. Por isso, foi estabelecido que, por segurança, duas vezes por semana saísse um comboio de um forte para o outro. Os soldados iam na frente e na retaguarda; e o povo, no meio.

Foi no verão. De madrugada, reuniram-se as caravanas do forte, saíram os soldados da escolta e todos se puseram a caminho. Jílin ia a cavalo, e a carroça com os seus pertences seguia na caravana.

Eram vinte e cinco *verstás*[1], uns vinte e seis quilômetros de estrada. O comboio deslocava-se devagar: ora eram os soldados que faziam uma pausa, ora era a roda de uma carroça que se soltava, ou um cavalo que empacava, e então todos paravam e ficavam à espera.

O sol indicava que já passara do meio-dia, e a caravana não havia feito ainda nem metade do caminho. Poeira, calor; o sol torra e não há qualquer abrigo. Tudo é estepe nua: nenhuma árvore, nenhum arbusto à vista.

Jílin adiantou-se, sofreou o cavalo e esperou que a caravana o alcançasse. Aí ouviu um toque de corneta atrás — outra parada. Então pensou: "Que tal eu ir sozinho, sem os soldados? Meu cavalo é valente, mesmo que eu cruze com os tártaros, vai dar para escapar. Ou será que não?".

E quedou-se pensativo. Logo se aproximou dele, a cavalo, outro oficial, Kostílin, armado de espingarda, que disse:

— Vamos embora, Jílin, vamos sozinhos. Não aguento mais, estou com fome e não suporto este calor; minha camisa está toda encharcada.

Kostílin é um homem pesado e gordo, está todo vermelho, suando em bicas. Jílin refletiu um pouco e perguntou:

— A espingarda está carregada?

---

1 N.T.: *verstá* — milha russa; 1,06 km.

O PRISIONEIRO DO CÁUCASO 183

— Está.

— Nesse caso, vamos. Mas com uma condição: não nos separarmos.

E lá se foram, cavalgando juntos pela estrada. Iam beirando a estepe, conversando e olhando para os lados — dava para enxergar longe, em toda a volta.

Assim que a estepe terminou, o caminho seguiu por um desfiladeiro entre duas montanhas, e Jílin disse:

— Carece subir para a montanha, dar uma espiada, senão é capaz de alguém surgir de repente, sem a gente perceber.

Mas Kostílin retruca:

— Espiar o quê? Vamos em frente.

Jílin não lhe deu ouvidos.

— Não — disse ele —, fica esperando aqui embaixo, que eu só vou dar uma espiada.

E tocou o animal para a esquerda, rumo ao monte. O cavalo de Jílin, que era montaria de caçador (pagara cem rublos por ele, quando ainda potrinho, e treinara-o ele mesmo), levou-o como se fosse alado pela escarpa acima. Mas, nem bem chegou lá, eis que, bem na sua frente, a pouca distância, dá com um grupo de tártaros montados, uns trinta homens. Jílin tentou fazer seu cavalo voltar, mas os tártaros, que já o tinham visto, partiram atrás dele, arrancando as armas dos coldres em pleno galope. Jílin disparou montanha abaixo, com toda a força da montaria, gritando para Kostílin:

— Puxa a espingarda! — e pensando no seu cavalo: "Salva-me, amigo, não vás tropeçar, senão estou perdido. Tenho de chegar até a arma, não vou me entregar!".

Mas Kostílin, em vez de esperar, assim que pôs os olhos nos tártaros, disparou a toda brida rumo ao forte, açoitando o cavalo com o rebenque, ora de um lado, ora de outro. Só se via a cauda do animal volteando no meio da poeira.

Jílin viu a coisa mal parada. A espingarda se fora, e só com o sabre não dava para fazer nada. Tocou o cavalo de volta, em direção aos soldados do comboio, pensando poder fugir. Mas viu seis tártaros galopando para cortar-lhe o caminho. O seu cavalo era valente, mas os deles eram mais ainda, e vinham de través. Jílin tentou fazer o animal dar meia-volta, mas este já pegara impulso, e não dava mais para detê-lo. E Jílin viu um tártaro de barba ruiva galopar para ele num cavalo baio, guinchando, dentes à mostra, arma apontada.

"Pois sim", pensou Jílin, "eu vos conheço, demônios: se me pegam vivo, me metem numa fossa, me moem de chibatada. Não me entrego vivo...".

E Jílin, embora de porte mediano, era corajoso. Puxou o sabre e tocou o animal para cima do tártaro ruivo, pensando: "Ou te atropelo com o cavalo, ou te racho com o sabre".

Mas Jílin não conseguiu alcançar o ruivo — um tiro de espingarda pelas costas acertou o seu cavalo, que desabou no chão em pleno galope e caiu sobre a perna de Jílin. Ele tentou levantar-se, mas já dois tártaros fedorentos o agarravam, torcendo-lhe os braços para trás.

Ele deu um safanão, derrubou ambos, mas já outros três saltavam das montarias e começavam a desferir-lhe coronhadas na cabeça. Seus olhos se embaçaram e ele cambaleou. Os tártaros o dominaram, amarraram-lhe as mãos nas costas, arrancaram-lhe as botas, apalparam-no todo, tiraram seu dinheiro, seu relógio, e rasgaram-lhe a roupa. Jílin olhou para trás, para o seu cavalo. O pobre animal, que caíra de lado, assim permanecia e só as pernas se debatiam; na cabeça, um furo,

O PRISIONEIRO DO CÁUCASO 185

do qual o sangue jorrava, negro, encharcando a poeira do chão a um metro à sua volta.

Um tártaro aproximou-se e começou a tirar a sela do cavalo, que ainda se debatia. Então puxou o punhal e cortou-lhe a garganta. Ouviu-se um silvo rouco, o animal estrebuchou e foi o fim.

Os tártaros tiraram a sela, os arreios. O da barba ruiva montou no seu baio, os outros colocaram Jílin na sela atrás dele e, para que não caísse, afivelaram-no com uma correia à cintura do tártaro, e o levaram para as montanhas.

Jílin, afivelado ao tártaro, balançava na sela, com o rosto enfiado no dorso fedido do outro. Só via na sua frente o espadaúdo costado do tártaro, seu pescoço nodoso e a nuca raspada, azulada, debaixo do gorro. Com a cabeça ferida e o sangue coagulado nos olhos, Jílin não podia aprumar-se na sela nem enxugar o sangue. Seus braços estavam tão torcidos que lhe doía até a clavícula.

Cavalgaram muito tempo de monte em monte, vadearam um rio, saíram para a estrada e continuaram pelo vale. Jílin queria marcar a estrada, lembrar o caminho pelo qual o levavam, mas o sangue coagulado colava-lhe os olhos e ele não podia voltar-se.

Escurecia. Atravessaram outro riacho e encetaram a subida por uma encosta pedregosa. Logo se sentiu um cheiro de fumaça, ouviram-se latidos de cães, e eles chegaram a um *aúl*, uma aldeia tártara. Os tártaros saltaram dos cavalos, e a criançada do lugar cercou Jílin, atirando-lhe pedras e guinchando de alegria.

O tártaro enxotou as crianças, tirou Jílin do cavalo e chamou um criado. Chegou um mongol de cara ossuda, só de camisolão esfarrapado e com o peito todo nu. O tártaro deu-lhe uma ordem qualquer. O criado trouxe as grilhetas: dois pesados blocos de carvalho, presos em argolas de ferro, uma delas com corrente e cadeado.

Soltaram as mãos de Jílin, colocaram-lhe a grilheta, levaram-no para um telheiro, empurraram-no para dentro e trancaram a porta. Jílin caiu sobre um monte de esterco, apalpou no escuro o lugar mais macio e deitou-se.

II

Aquela noite inteira Jílin quase não dormiu. As noites eram curtas e logo ele viu luz filtrando-se por uma fresta. Jílin levantou-se e foi espiar pela fresta. Dava para ver a estrada, seguindo encosta abaixo. À direita, uma *sáklia* — uma casa tártara —, com duas árvores na frente, um cachorro preto estendido na soleira e uma cabra com seus cabritos passeando pelo quintal, abanando os rabinhos.

Olhou mais e viu, subindo pela encosta, uma mocinha tártara, de camisa colorida solta, de calções e de botas, carregando sobre a cabeça uma grande jarra de latão, cheia de água. Ela caminha, as costas estremecendo, balançando o corpo, e leva pela mão um tartarozinho de cabeça raspada, só de camisolinha. A moça entrou na casa com a jarra de água, e logo saiu o tártaro ruivo da véspera, de roupão *bechmét* de seda, punhal de prata no cinto, sapatilhas nos pés sem meias. Na cabeça, um gorro alto de pele de carneiro negro, quebrado para trás. Saiu espreguiçando-se, alisando a barba vermelha.

Ficou um instante parado, deu uma ordem ao criado e se afastou.

Depois passaram a cavalo dois rapazolas a caminho do bebedouro. Surgiram alguns moleques de cabeça raspada, só de camisa, sem calças, que se juntaram num grupinho, foram até a cocheira, pegaram um graveto e começaram a enfiá-lo pela fresta; Jílin soltou um rosnido e a garotada saiu correndo, os joelhos pelados a brilhar.

Mas Jílin sente sede, tem a garganta seca. E pensa: "Se ao menos viessem visitar-me". Então ouviu a porta se abrindo. Entrou o tártaro ruivo, e com ele outro, de estatura menor, meio escurinho, olhos negros brilhantes, corado, barbicha curta aparada, cara alegre, rindo o tempo todo. O moreninho está ainda mais bem ataviado: o *bechmét* de seda azul é debruado de galões, o punhal de prata no cinto é grande. Sapatilhas vermelhas, de marroquim, são também rebordadas de prata. E, por cima das sapatilhas finas, outras mais grossas. O gorro alto é de *astrakan* branco.

O tártaro ruivo entrou, disse algo que parecia um insulto e parou. Apoiou-se no umbral, mexendo no punhal, olhando para Jílin de soslaio, como um lobo.

Mas o moreno — ágil e vivo —, andando como se estivesse sobre molas, foi direto até Jílin, acocorou-se, arreganhou os dentes, risonho, tocou-lhe no ombro, e pôs-se a falar qualquer coisa, depressinha, no seu linguajar, piscando os olhos, estalando a língua, e repetindo muitas vezes:

— *Boa urús, boa urús!*

Jílin não entendeu nada e falou:

— Beber, dá-me água para beber.

O moreno ri: *Boa urús,* e continua a tagarelar à sua moda.

Jílin mostrou com as mãos e com os lábios que queria beber.

O moreno entendeu, riu, espiou pela porta e chamou:

— Dina!

O PRISIONEIRO DO CÁUCASO 189

Veio correndo uma menina — fininha, magricela, de uns 13 anos, rosto parecido com o do moreno. Via-se que era sua filha; os mesmos olhos negros e brilhantes, uma carinha bonita. Vestia camisola longa, azul, de mangas amplas, sem cinto, debruada de galão vermelho na barra, no peito e nas mangas. Nas pernas, calções; nos pés, sapatilhas finas e, sobre elas, outras, de salto alto. No pescoço, um colar todo feito de moedas russas de meio rublo. Tinha a cabeça descoberta, com uma trança negra entremeada por uma fita e, pendurados na fita, plaquinhas de metal e um rublo de prata.

O pai deu-lhe uma ordem qualquer: ela saiu correndo e voltou logo trazendo uma jarrinha de latão. Ofereceu a água a Jílin e acocorou-se, toda encolhida, os ombros mais baixos que os joelhos. Ficou assim, vendo Jílin beber, de olhos arregalados, como se ele fosse algum bicho raro.

Jílin devolveu-lhe a jarra. Ela pulou para trás, como uma cabra selvagem. Até o pai deu risada e mandou-a para algum outro lugar. Ela pegou a jarra, saiu correndo e voltou trazendo pão ázimo sobre uma tabuinha redonda; e acocorou-se de novo, toda encolhida, fitando-o sem desviar os olhos.

Os tártaros se foram, trancando a porta de novo. Pouco depois, veio o criado mongol e falou:

— Upa, o patrão, upa!

Esse também não falava russo. Jílin só entendeu que o mandavam ir para algum lugar.

Saiu arrastando a grilheta, capengando — não dava para caminhar direito, o peso puxava o pé para um lado. Jílin foi seguindo o mongol. Viu que estava numa aldeia tártara, com umas dez casas, e a igreja deles, com uma torrezinha. Na frente de uma das casas, três cavalos selados, segurados pela brida por um moleque. Dessa casa surgiu o tártaro moreno, agitando as mãos, chamando Jílin para perto dele. Rindo e tagarelando na sua língua, foi entrando na casa, e Jílin o seguiu. Era um recinto bom, de paredes de barro bem alisadas. Na entrada, acolchoados coloridos e, nas paredes, tapetes caros, e, pendurados nos tapetes, espingardas, pistolas, sabres — tudo guarnecido de prata. Numa parede, um fogareiro pequeno, à altura do chão. Chão de terra, de limpeza impecável, com a parte da frente toda forrada de feltro; sobre o feltro, tapetes e sobre os tapetes, almofadas de plumas. E sentados nos tapetes, só de chinelas, estavam cinco tártaros: o moreno, o ruivo e três visitantes. Atrás das costas de todos, almofadas de plumas e, na frente, tabuinhas redondas com panquecas de milho, manteiga derretida e cerveja tártara — *buzá* — numa jarrinha. Comem com as mãos, todas besuntadas de manteiga.

O moreno levantou-se de um pulo, mandou colocar Jílin num canto, fora do tapete, sobre o chão descoberto, e voltou para o tapete, servindo panquecas e *buzá* aos visitantes. O criado fez Jílin sentar no lugar indicado, tirou os sapatos, que pôs junto à porta, enfileirados com os dos outros, e sentou-se no feltro, mais perto dos patrões, vendo-os comer e engolindo a saliva.

Os tártaros comeram as panquecas. Aí veio uma mulher, de camisola igual à da menina, de calções, e com a cabeça coberta por um lenço; levou a manteiga, as panquecas, e trouxe uma bacia e uma jarra de bico fino. Os tártaros puseram-se a lavar as mãos, depois as juntaram, ajoelharam-se, sopraram para todos os lados e recitaram suas orações. Conversaram um pouco na sua língua. Depois um deles se voltou para Jílin e começou a falar em russo.

O PRISIONEIRO DO CÁUCASO 191

— Tu — falou ele — foste preso pelo Kazai-Muhamet —
e apontou para o tártaro ruivo. — E ele te deu ao Abdul-Murat — e indicou o moreno. — Abdul-Murat é agora o teu
dono.

Jílin permanece calado. Abdul-Murat pôs-se a falar, apontando para Jílin o tempo todo, rindo e repetindo:

— Soldado *urús, boa urús.*

O intérprete traduz:

— Ele te manda escrever para casa, para mandarem resgate. Assim que mandarem o dinheiro, ele te solta.

Jílin pensa um pouco e pergunta:

— E quanto ele quer de resgate?

Os tártaros confabularam entre si e o intérprete respondeu:

— Três mil moedas.

— Não — disse Jílin —, eu não posso pagar tanto.

Abdul pulou do lugar, abanando as mãos, e pôs-se a falar
para Jílin, sempre pensando que este o entenderia. O intérprete traduziu:

— Quanto tu darás?

Jílin pensou e disse:

— Quinhentos rublos.

Aí os tártaros começaram a falar de repente, todos ao mesmo tempo. Abdul pôs-se a gritar com o ruivo, matraqueando
tanto que chegou a espirrar saliva.

Mas o ruivo só apertou os olhos e estalou a língua.

Calaram-se todos e o intérprete traduziu:

— Para o patrão, um resgate de quinhentos rublos é pouco. Ele mesmo pagou duzentos rublos por ti. Kazai-Muhamet
lhe estava devendo. Ele ficou contigo em troca da dívida. São

três mil rublos, e não dá para deixar por menos. E, se não escreveres, vão te enfiar na fossa, vão te castigar com o açoite.

"Eh!", pensou Jílin, "deixar intimidar-me por eles é pior ainda!".

Pôs-se de pé num salto e disse:

— Pois diz a esse cachorro que, se ele quer me meter medo, não lhe darei um centavo nem escreverei para casa. Nunca tive medo, e não tenho medo de vocês, cachorros!

O intérprete transmitiu o recado. Começaram todos a falar ao mesmo tempo, de novo. Matraquearam por muito tempo, aí o moreno pulou para junto de Jílin:

— *Urús* — disse ele — *djiguít, djiguít urús!*

Na língua deles, *djiguít* quer dizer machão — russo machão. Ele falava rindo e disse algo ao intérprete, que traduziu:

— Dá mil rublos!

Jílin insistiu na sua oferta:

— Mais de quinhentos rublos eu não darei. E, se me matarem, não receberão nada.

Os tártaros conferenciaram mais um pouco, despacharam o criado para algum lugar e ficaram olhando ora para Jílin, ora para a porta. O criado voltou e atrás dele entrou um homem, alguém volumoso, descalço e andrajoso, também arrastando uma grilheta.

Jílin teve um sobressalto — reconhecera Kostílin. Este também fora agarrado. Colocaram os dois lado a lado e eles começaram a relatar um ao outro o que lhes acontecera. E os tártaros observaram, calados. Jílin contou como as coisas se passaram com ele. Kostílin contou que o cavalo empacara debaixo dele, que a espingarda falhara, e que esse mesmo Abdul o alcançara e aprisionara.

O PRISIONEIRO DO CÁUCASO 193

Abdul pulou, apontando para Kostílin, falando depressa. O intérprete traduziu, dizendo que ambos agora pertenciam ao mesmo dono, e que aquele que soltasse o dinheiro primeiro seria o primeiro a ser libertado.

— Aí está — disse ele para Jílin —, tu estás sempre bravo, mas o teu companheiro é manso. Escreveu uma carta para casa, vão mandar cinco mil moedas. Por isso ele vai ser bem alimentado e não será maltratado.

Jílin retrucou:

— Meu companheiro que faça como quiser. Quem sabe ele é rico. Mas eu não sou. Para mim — acrescentou —, conforme falei, assim será. Se quiserem, podem me matar, não terão vantagem com isso. Mas, se eu escrever, será para pedir quinhentos rublos, e não mais.

Calaram-se um pouco. De repente, Abdul deu um pulo, alcançou um cofrinho, tirou uma caneta, um pedaço de papel e tinta, empurrou para Jílin, deu-lhe um tapinha no ombro e apontou:

— Escreve!

Haviam concordado com os quinhentos rublos.

— Espera um pouco — voltou-se Jílin para o intérprete —, diz a ele que nos alimente bem, nos vista e nos calce, e que nos conserve juntos, para ficarmos mais animados. E que nos tire as grilhetas.

E Jílin olhou para o dono e riu. O dono também riu. Ouviu tudo e disse:

— Roupa, eu lhes darei da melhor, botas, tudo do melhor, dá até para casar. E comida de príncipes. E, se querem ficar juntos, que fiquem morando no telheiro. Mas a grilheta não dá para tirar — vão fugir. Só será tirada para passar a noite.

Deu um tapinha no ombro de Jílin:

— Tua bom, minha bom!

Jílin escreveu para casa, mas colocou endereço errado, para que a carta não chegasse, pensando consigo: "Eu vou fugir".

Levaram Jílin e Kostílin para o telheiro, trouxeram palha de milho, água numa jarra, pão, dois casacos velhos e botas militares gastas. Decerto arrancadas de soldados que eles mataram. À noite, tiraram-lhes as grilhetas e trancaram o telheiro.

III

Jílin viveu assim, com o companheiro, durante um mês inteiro. O dono sempre ria:

— Tua, Iván, boa — minha, Abdul, boa.

Mas alimentava-os mal: só lhes dava pão sem levedo, de farinha de milho, assado como panqueca e, às vezes, até mesmo só a massa, sem assar.

Kostílin escreveu para casa mais uma vez, sempre à espera da remessa, sempre tristonho. Ficava dias a fio sentado no telheiro, contando as horas para a chegada da resposta de casa, ou então dormindo. Mas Jílin sabia que a carta dele não chegaria ao destino, e não escrevia outra.

"Onde", pensava ele, "minha mãe vai arrumar tanto dinheiro para pagar por mim, se ela já vivia quase que só do que eu lhe mandava. Para juntar quinhentos rublos ela teria de se arruinar de vez. Se Deus quiser vou me safar sozinho".

E ficava sempre atento observando, procurando descobrir um meio de fugir dali. Perambulava pelo *aúl*, assobiando, ou então ficava sentado, fazendo artesanato — ora esculpia bonecos de barro, ora tecia esteiras de palha. Jílin era jeitoso para qualquer trabalho manual.

Certa vez, ele esculpiu uma boneca com nariz, mãos e pés, de camisolão tártaro, e colocou-a sobre o telhado. Quando as mulheres saíram para buscar água, a filha do dono, Dina, viu a boneca e chamou as mulheres. Elas depuseram as jarras e ficaram olhando, dando risada. Jílin tirou a boneca, estendeu para elas. Elas riam, mas não se atreviam a pegá-la. Ele deixou a boneca no chão, entrou no telheiro e ficou observando: o que acontecerá agora?

Dina aproximou-se correndo, olhou em volta, agarrou a boneca e fugiu.

De manhãzinha, ele viu Dina saindo para a soleira, com a boneca. E ela já tinha enfeitado a boneca com trapinhos vermelhos e a embalava, como a uma criancinha, cantarolando à sua moda. Uma velha então saiu, pôs-se a ralhar com a menina, arrancou-lhe a boneca das mãos, quebrou-a e despachou Dina para o trabalho.

Jílin fez outra boneca, melhor ainda, e a entregou para Dina. Certa vez Dina chegou trazendo uma jarrinha, colocou-a na frente dele, acocorou-se e ficou olhando, rindo e mostrando a jarra.

"De que ela está rindo?", pensou Jílin. Pegou a jarra e começou a beber. Pensava que fosse água, mas eis que era leite. Ele bebeu e falou:

— Gostoso!

Dina ficou toda contente.

— Gostoso, Iván, gostoso! — e levantou-se de um pulo, bateu palmas, agarrou a jarrinha e saiu correndo.

E desde então ela começou a trazer-lhe leite todos os dias, às escondidas. Às vezes, os tártaros faziam bolinhos de queijo com leite de cabra e os deixavam secando no telhado, e ela também lhe trazia esses bolinhos, às escondidas. E, num dia em que o dono abateu um carneiro, ela lhe trouxe um naco de carne, dentro da manga. Jogou-o e saiu correndo.

Certa vez desabou um temporal pesado, a chuva caiu a cântaros durante horas seguidas. E todos os ribeirões ficaram turvos. Onde dava passagem a vau, a água subiu mais de dois metros, revirando as pedras. Por toda a parte, riachos escorriam, num marulhar constante entre as montanhas. E, quando o temporal passou, havia riachos correndo pela aldeia toda.

Jílin conseguiu uma faca com o patrão, esculpiu um rolinho, tabuinhas, uma roda e prendeu uns bonecos dos dois lados. As garotas trouxeram-lhe trapinhos. Ele vestiu os bonecos, um de homem, outro de mulher. Fixou-os e colocou a roda na correnteza: a roda girou e os bonecos pularam.

Juntou-se a aldeia toda: garotos, meninas, mulheres e homens, olhando, estalando a língua:

— Ai, urús! Ai, Iván!

Abdul tinha um relógio russo, quebrado. Chamou Jílin e mostrou-o, estalando a língua. Jílin falou:

— Dá aqui, vou consertar.

Pegou o relógio, desmontou-o com o canivete, examinou, montou de novo e o devolveu. O relógio funcionava.

O dono ficou contente, trouxe-lhe o seu bechmét velho, todo em frangalhos, e lhe deu. Fazer o quê? Jílin aceitou o presente: "Pode até servir para cobrir-me de noite".

Correu a fama de Jílin, de que ele era um mestre. Começaram a vir procurá-lo de aldeias distantes — um trazia um cadeado, outro, uma espingarda ou uma pistola para consertar, outro ainda vinha com um relógio. O dono trouxe-lhe ferramentas: alicates, furadeiras, lixas.

Certa vez, um tártaro ficou doente. Vieram a Jílin:

— Vai lá, trata dele.

Jílin não entendia nada de tratamento de doenças. Mas foi, olhou e pensou: "Quem sabe ele sara sozinho". Voltou para o telheiro, pegou água, areia, misturou. Diante dos tártaros, sussurrou sobre a água, deu-a de beber ao tártaro. Para sua sorte, o tártaro sarou.

Aos poucos, Jílin começou a entender um pouco da língua deles. E aqueles dentre os tártaros que se acostumaram com ele, quando precisavam, chamavam-no: "Iván! Iván!". Mas outros o olhavam de soslaio, como a uma fera.

O tártaro ruivo não gostava de Jílin. Assim que o via, fechava a cara e se virava para outro lado, ou então o xingava. Havia entre eles também um velho, que não vivia na aldeia, mas vinha do sopé do monte. Jílin só o via quando ele entrava na mesquita, para rezar. Era de estatura miúda e usava uma toalha branca enrolada no gorro. Barbicha e bigodes aparados, brancos como pluma, e o rosto enrugado, vermelho como tijolo. Nariz adunco, qual bico de gavião, os olhos cinzentos, raivosos, e a boca desdentada, só com dois caninos. Às vezes, ele passava, com o seu turbante, apoiado num cajado, olhando em volta feito um lobo. Assim que via Jílin, virava a cara e rosnava.

Certa vez, Jílin desceu ao sopé do monte, para ver como o velho vivia ali. Desceu pela picada e viu um jardinzinho cercado de pedras; atrás desse muro, cerejeiras, passas de pêssego e um casebre de telhado chato como uma tampa. Aproximou-se mais e viu apiários tecidos de palha e abelhas a esvoaçar, zunindo. E o velho, ajoelhado, todo atarefado junto ao apiário. Jílin aprumou-se um pouco para ver melhor, e a grilheta tilintou. O velho olhou para trás e soltou um guincho; puxou a pistola do cinto e atirou em Jílin, que apenas teve tempo de se agachar atrás de um pedregulho.

O velho procurou o dono para se queixar. O dono chamou Jílin, rindo, e perguntou:

— Para que foste à casa do velho?

— Eu — respondeu Jílin — não lhe fiz mal. Só queria ver como ele vive.

O dono transmitiu a resposta.

Mas o velho, furioso, chiou, resmungou, arreganhou os seus caninos e abanou as mãos, apontando para Jílin.

Jílin não entendeu tudo, mas deu para perceber que o velho mandava o patrão matar os russos e não conservá-los no *aúl*. O velho foi embora.

Jílin perguntou ao dono quem era esse velho. O dono lhe disse:

— Esse é um grande homem! Ele foi o maior *djiguít*, matou muitos russos, era muito rico. Tinha três esposas e oito filhos. Todos viviam na mesma aldeia. Chegaram os russos, destruíram a aldeia e mataram sete de seus filhos. Restou um, que se rendeu aos inimigos. O velho foi e se entregou sozinho aos russos. Ficou com eles três meses; encontrou o filho, matou-o com as próprias mãos e se evadiu. Desde então, ele deixou de guerrear, e foi para Meca rezar a Deus, por isso usa turbante. Quem esteve em Meca passa a se chamar Khadji e usa turbante. Ele não gosta de tua raça. Manda que eu te mate, mas eu não posso te matar, paguei um dinheiro por ti. E, depois, fiquei gostando de ti, Iván; eu não só não te mataria, como nem mesmo te deixaria partir, se não tivesse empenhado a palavra.

E ri, repetindo em russo:

— Tua, Iván, boa — minha, Abdul, boa!

IV

Jílin viveu assim durante um mês. De dia, perambulava pelo *aúl* ou fazia artesanato, mas, assim que caía a noite, e o *aúl* mergulhava em silêncio, ficava cavoucando dentro do seu telheiro. Era difícil cavar por causa das pedras, mas ele as desgastava com uma lixa, e conseguiu cavar por baixo da parede um buraco suficiente para passar rastejando. "Se ao menos eu conhecesse bem o lugar", pensava ele, "para saber para que lado devo ir. Mas os tártaros não revelam nada".

Certa vez, ele escolheu um dia em que o patrão se ausentou, e foi depois do almoço para a montanha, atrás do *aúl* — queria olhar o lugar, lá de cima. Mas, antes de partir, o patrão mandara o filho andar atrás de Jílin, sem perdê-lo de vista.

E o garoto correu atrás de Jílin, aos gritos:

— Não vai! O pai proibiu! Vou já chamar gente!

Jílin tentava convencê-lo:

— Eu não vou longe — dizia —, só vou subir naquele morro: preciso encontrar umas ervas para curar a tua gente. Vem comigo, eu não posso fugir com a grilheta. E amanhã eu faço para ti um arco com flechas.

Convenceu o garoto, e eles foram. Não era longe, mas, com a grilheta, ficava difícil. Andou, andou, e conseguiu subir a du-

O PRISIONEIRO DO CÁUCASO 201

ras penas. Jílin sentou-se, começou a observar o lugar: embaixo, na proximidade, um valezinho, com uma manada de cavalos, e outro *aúl* à vista, numa baixada; atrás do *aúl*, outra montanha, ainda mais escarpada; e, atrás daquela, uma outra. Entre as montanhas, o azulado da floresta, adiante, mais montanhas — cada vez mais altas. E, dominando todas, montes brancos como açúcar erguem-se, cobertos de neve. E um monte nevado desponta por cima dos outros, como um gorro. Para o nascente e para o poente, mais e mais montanhas, e, aqui e ali, um *aúl* fumegando num desfiladeiro. Jílin pensou: "Tudo isso é o lado deles". E começou a olhar para o lado russo: aos seus pés, um riacho, e o seu próprio *aúl*, cercado de jardinzinhos. Na beira do riacho, quais bonecas pequeninas, mulheres lavando roupa. Atrás do *aúl*, mais abaixo, um monte; e, atrás dele, outros dois, cobertos de bosques. Entre dois montes, um espaço plano, azulado; e, nessa planura, bem ao longe, havia como que uma fumaça se estendendo. Jílin começou a relembrar quando vivia na fortaleza, onde o sol nascia e onde se punha. E percebeu que era ali mesmo, naquele vale, que devia estar o forte russo. Era para ali, entre aquelas duas montanhas, que precisava fugir.

O sol começou a se pôr. As montanhas nevadas, brancas, tornaram-se escarlates; nos montes negros já havia escurecido; um vapor subiu dos desfiladeiros, e aquele mesmo vale, onde devia estar o forte russo, ardeu como um incêndio sob a luz do poente. Jílin firmou os olhos: algo balançava no vale, como fumaça de chaminés. E lhe parecia que aquilo era de fato o forte russo.

Já estava ficando tarde. Ouviu-se o grito do *mulá* chamando para a oração. Os pastores tocavam os rebanhos, as vacas mugiam. O garoto chamava e chamava:

— Vamos!

Mas Jílin não tinha vontade de ir embora.

Voltaram para casa. "Agora, que eu já conheço o lugar", pensou Jílin, "é preciso fugir". Ele queria fugir naquela mesma noite. As noites eram escuras. Mas, por azar, ao anoitecer, os tártaros voltaram. Às vezes, eles retornavam trazendo gado, e chegavam alegres. Mas, desta vez, vinham sem nada, só trouxeram na sela um companheiro morto, o irmão do ruivo. Chegaram raivosos e se preparavam para o enterro. Jílin saiu para olhar. Enrolaram o morto num pano, sem caixão, levaram-no para fora da aldeia e o depuseram na grama, debaixo dos plátanos. Veio o *mulá*, reuniram-se os velhos, enrolaram toalhas nos seus gorros, tiraram os calçados e se acocoraram em fileira diante do morto.

Na frente, o *mulá*; atrás, três anciãos de turbante e, atrás deles, mais tártaros. Sentaram-se, de olhos fixos, calados e ficaram em silêncio por muito tempo. Então o *mulá* levantou a cabeça e falou:

— Alá! — disse essa única palavra e novamente todos ficaram calados, de olhos fixos, por muito tempo, sentados, imóveis.

O *mulá* tornou a levantar a cabeça.

— Alá! — e todos repetiram: — Alá! — e tornaram a se calar.

O morto jazia no chão, não se mexia, e eles continuaram sentados, como mortos. Ninguém se movia. Só se ouvia o vento agitando as folhinhas do olmo.

Depois o *mulá* recitou uma oração: todos se levantaram, ergueram o morto nos braços e o carregaram. Levaram-no até a cova, que não era uma cova comum, e sim escavada por bai-

O PRISIONEIRO DO CÁUCASO 203

xo da terra, como um porão. Pegaram o morto, desceram-no cuidadosamente e o colocaram sentado sob a terra, com as mãos cruzadas na barriga.

O criado mongol trouxe juncos verdes, forraram a cova de juncos, encheram-na rapidamente de terra, que aplanaram, e colocaram uma pedra de pé na cabeceira do morto. Achataram a terra com os pés, sentaram-se de novo em fileira diante da sepultura. E ficaram em silêncio por muito tempo.

— Alá, Alá! — suspiraram e levantaram-se.

O ruivo distribuiu dinheiro entre os velhos, depois se levantou, pegou o relho, bateu três vezes na própria testa e foi para casa.

De manhã, quando Jílin saiu, viu o ruivo levando uma égua para fora da aldeia e, atrás dele, três tártaros. Saíram da aldeia, o ruivo tirou o casaco, arregaçou as mangas sobre os braços vigorosos, tirou o punhal e afiou-o na pedra. Os tártaros puxaram a cabeça da égua para cima, o ruivo se aproximou, cortou-lhe a garganta, derrubou-a e começou a destripá-la, escorchando o couro com a faca e ajudando com as manoplas cerradas. Chegaram as mulheres e as moças e puseram-se a lavar as tripas e as vísceras. Depois esquartejaram a égua e arrastaram-na para dentro da casa. E toda a aldeia se reuniu na casa do ruivo para homenagear o defunto.

Ficaram comendo a égua durante três dias, bebendo *buzá* e relembrando o morto. Todos os tártaros permaneceram em casa. No quarto dia, Jílin viu que se preparavam para partir para algum lugar. Trouxeram cavalos, ajaezaram-nos e saíram: uns dez homens, o ruivo entre eles. Só Abdul ficou. A lua estava apenas nascendo, as noites ainda eram escuras.

"Então", pensou Jílin, "é hoje que eu tenho de fugir".

E comunicou a Kostílin. Mas Kostílin se amedrontou.

— Fugir, mas como? Nós nem conhecemos o caminho.

— Eu conheço o caminho.

— Mas não chegaremos lá numa só noite.

— Se não chegarmos, pernoitaremos no mato. Eu até guardei bolinhos para a viagem. Para quê vais ficar aqui sentado? Seria bom se mandassem o dinheiro, mas pode ser que não consigam juntá-lo. E os tártaros agora estão raivosos porque os russos mataram um deles. Estão falando entre eles, querem nos matar.

Kostílin pensou, pensou, e disse:

— Então vamos!

V

Jílin meteu-se no buraco, alargou-o mais, para dar passagem a Kostílin, e lá ficaram sentados, aguardando que o *aúl* silenciasse.

Assim que o povo se aquietou na aldeia, Jílin barafustou por baixo da parede e saiu do outro lado. E sussurrou para Kostílin:

— Vem, anda!

Kostílin foi enfiar-se no buraco, mas esbarrou numa pedra, que fez barulho. E o dono tinha um cão de guarda, malhado e ferocíssimo, chamado Uliáchin. Jílin já lhe dera de comer, por precaução. Uliáchin ouviu o ruído, desandou a latir, e os outros cães com ele. Jílin assobiou baixinho e atirou-lhe um bolinho — Uliáchin o reconheceu, abanou o rabo e parou de latir.

O dono escutou e gritou de dentro de casa:

— Quieto! Quieto, Uliáchin! — E Jílin coçava as orelhas do animal. Uliáchin se calou e esfregou-se nas pernas de Jílin, abanando o rabo.

Esperaram um pouco junto à parede. Tudo silenciou, só se ouvia a água marulhando pelas pedrinhas. Estava escuro, as estrelas brilhavam alto no céu, sobre a montanha, e a lua nova surgiu, avermelhada, os chifrinhos virados para cima. Nos vales, a neblina balouçava, esbranquiçada como leite.

Jílin levantou-se e falou para o companheiro:

— Agora, irmão, upa!

Mas, nem bem se afastaram um pouco, tiveram de parar: o *mulá* começara a cantar sobre o telhado:

— Alá Besmilá! Ilrakhman!

Queria dizer que o povo já ia para a mesquita rezar. Agacharam-se de novo, escondidos junto à parede. Ficaram assim muito tempo, esperando o povo passar. De novo, caiu o silêncio.

— Agora, com Deus!

Persignaram-se e partiram. Atravessaram o pátio, desceram pela encosta até o riacho, cruzaram-no e seguiram pelo vale. A neblina estava espessa, mas baixa, e, acima da cabeça, brilhavam as estrelas. Jílin se orientava pelas estrelas para saber que rumo tomar. Estava fresco no meio da neblina, era fácil andar, só as botas eram desajeitadas, muito gastas. Jílin tirou as suas, jogou-as longe, continuou descalço, pulando de pedra em pedra e olhando para as estrelas. Kostílin começou a ficar para trás.

— Anda mais devagar — disse ele —, essas botas malditas já me machucaram os pés inteiros.

— Tira as botas, será mais fácil andar.

Kostílin começou a andar descalço — e foi pior ainda: cortou os pés nas pedras e continuou a ficar para trás. Jílin lhe disse:

— Os pés machucados vão sarar, mas, se nos alcançam, nos matam, será pior.

Kostílin não respondeu nada, continuou a caminhar, bufando. Andaram assim bastante tempo. De repente, à direita, eles escutaram latidos de cães. Jílin parou, olhou em volta, subiu na encosta, apalpou com as mãos.

O PRISIONEIRO DO CÁUCASO 207

— Eh! — falou — erramos o caminho, entramos à direita. Aqui é um *aúl* estranho, eu o vi do alto do morro. Precisamos voltar, à esquerda, para cima. Aqui deve existir uma floresta. Mas Kostílin falou:

— Espera ao menos um pouco, deixa-me tomar alento; estou com os pés sangrando.

— Eh, irmão, os pés vão sarar; tenta pular mais leve — assim.

E Jílin correu de volta e para a esquerda, montanha acima, para a floresta. Kostílin sempre se atrasava e gemia. Jílin lhe fez sinais de silêncio e continuou em frente.

Subiram no morro. Estava certo — era a floresta. Penetraram no mato, rasgaram as últimas roupas nos espinhos; deram com uma picada no mato. Foram andando.

— Parado! Tropel de cascos no caminho! — pararam, escutando. O ruído, como cascos de cavalo, também parou. Eles se moveram — o tropel recomeçou. Eles paravam — e aquilo parava. Jílin aproximou-se dos rastros, tentando espiar o caminho — algo estava parado ali: um cavalo que não parecia cavalo, e sobre o cavalo uma coisa estranha, não parecia um homem. A coisa soltou um bufido.

— Que abantesma! — assobiou Jílin, baixinho. E, de repente, aquilo se arrancou da estrada, e irrompeu pelo mato adentro, estalando e quebrando galhos, como uma tempestade.

Kostílin simplesmente desabou no chão, de medo. Mas Jílin caiu na risada e disse:

— Era um veado. Estás ouvindo como ele quebra as ramadas com seus chifres galhudos? Nós temos medo dele e ele tem medo de nós.

Prosseguiram na caminhada. O céu já estava clareando, a madrugada se aproximava. Mas, se estavam ou não no caminho certo, eles não sabiam. Parecia a Jílin que fora levado por este mesmo caminho, e que faltavam ainda umas dez *verstás* até os seus, mas não havia um sinal seguro, e era difícil distinguir algo na penumbra. Saíram para uma clareira. Kostílin sentou-se e disse:

— Como queiras, mas eu não chegarei até lá; meus pés não aguentam mais.

Jílin tentou dissuadi-lo.

— Não — respondeu o outro —, não chegarei, não posso.

Jílin irritou-se, deu uma cusparada, desistiu:

— Pois então eu vou sozinho. Adeus!

Kostílin deu um pulo, levantou-se e andou. Caminharam mais umas quatro *verstás*. A neblina na floresta desceu, ainda mais densa, não se via nada pela frente, e as estrelas já estavam quase invisíveis.

De repente eles ouviram passos de cavalo pela frente, dava para perceber os cascos raspando nas pedras. Jílin deitou-se de bruços, e pôs-se a escutar a terra.

— É isso mesmo, é um cavaleiro que vem para cá, na nossa direção.

Saíram depressa da estrada, agacharam-se entre os arbustos, à espera. Jílin rastejou até a estrada e espiou: era um tártaro a cavalo, tangendo uma vaca na sua frente, resmungando algo consigo mesmo. O tártaro passou, Jílin voltou para junto de Kostílin.

— Bem, desta vez Deus ajudou! Levanta-te, vamos!

Kostílin tentou levantar-se e caiu.

— Não posso, por Deus, não posso, não tenho mais forças!

O homem era pesado, gordo, estava todo suado, e, quando foi envolvido pela fria cerração da floresta, e com os pés dilacerados, desmoronou. Jílin tentou levantá-lo à força.

Kostílin deu um berro:

— Ai, está doendo!

Jílin ficou gelado.

— Para de gritar! O tártaro ainda está perto, vai te ouvir! Mas pensa consigo mesmo: "Ele está fraco de verdade; o que é que eu faço com ele? Não presta abandonar um companheiro".

— Está bem — falou —, levanta-te, sobe nas minhas costas, vou te carregar, já que não consegues andar mesmo.

Jílin fez Kostílin montar-lhe no lombo, segurando-o por baixo das coxas, e saiu para a estrada, arrastando o companheiro.

— Só não me apertes a garganta com as mãos, pelo amor de Deus — pediu —, segura-me pelos ombros.

Era pesado para Jílin: seus pés também estavam feridos, e ele estava exausto. Curvava-se, ajeitava a carga, para que o amigo ficasse mais alto nas suas costas, e continuava a arrastar-se pela estrada.

Pelo visto, o tártaro ouvira o grito de Kostílin. Jílin escutou alguém a segui-lo por trás, chamando à maneira deles. Jílin precipitou-se para os arbustos. O tártaro arrancou a espingarda, deu um tiro — não acertou. Soltou um guincho e partiu a galope pela estrada.

— Pronto — disse Jílin —, agora estamos perdidos, irmão! Esse cachorro já vai juntar os tártaros ao nosso encalço. Se não nos afastarmos a umas três *verstás*, será o nosso fim.

E, ao mesmo tempo, pensa, consigo mesmo, sobre Kostílin: "Foi o diabo que me tentou para levar esse contrapeso comigo. Sozinho eu já teria escapado há tempo".

Kostílin falou:

— Vai sozinho, para quê vais perecer por minha causa?

— Não, eu não vou, não presta abandonar um companheiro.

Colocou-o de novo nos ombros e foi em frente. Andou assim cerca de uma *verstá*, sempre pela floresta e sem saída à vista. E a neblina já se dispersava, nuvenzinhas surgiam no céu e as estrelas já estavam invisíveis. Jílin sentia-se exausto. Viu uma nascente junto à estrada, guarnecida de pedras. Parou, apeou Kostílin.

— Deixa eu descansar um pouco, beber água. Vamos comer uns bolinhos. Agora já não deve ser longe.

Mas, nem bem se abaixou para beber, ouviu um tropel por trás.

De novo eles se atiraram para a direita, entre os arbustos, e se agacharam.

Ouviram-se vozes tártaras: os tártaros pararam no mesmo lugar de onde eles saíram da estrada. Conversaram entre si, um pouco, depois puseram-se a atiçar os cachorros. E logo um cão estranho surgiu entre os arbustos, bem na sua frente. Parou, começou a latir.

Os tártaros também se meteram nos arbustos — também eles estranhos. Agarraram-nos, manietaram, puseram sobre seus cavalos e os levaram embora.

Cavalgaram umas três *verstás*, e deram com Abdul, o dono, com dois outros, vindo-lhes ao encontro. Abdul falou qualquer coisa com os tártaros estranhos, transferiu os prisioneiros para os seus cavalos e carregou-os de volta para o seu *aúl*.

Abdul já não ria nem lhes dirigia uma só palavra. Chegaram ao *aúl* de madrugada, colocaram os dois russos no meio da rua, no chão. Acorreu a criançada, aos guinchos, atirando-lhes pedras, batendo-lhes com correias e rebenques. Os tártaros reuniram-se em círculo, e também chegou o velho do sopé da montanha. Começaram a falar. Jílin percebeu que falavam deles, sobre o que fazer com eles. Uns diziam:

— É preciso mandá-los para mais longe, para as montanhas!

Mas o velho diz:

— É preciso matá-los.

Abdul discute:

— Eu dei dinheiro por eles; quero receber o resgate.

Mas o velho diz:

— Eles não vão pagar nada, só vão trazer desgraças. E é pecado alimentar russos. É matá-los e pronto!

Dispersaram-se. O dono aproximou-se de Jílin, começou a falar:

— Se não me mandarem o resgate, daqui a duas semanas eu vos mando moer de açoites. Mas, se inventáreis de fugir de novo, eu vos mato como a um cão. Escrevei outra carta, e escrevei direito!

Trouxeram-lhes papel; eles escreveram as cartas. Puseram-lhes as grilhetas e os levaram para trás da mesquita. Lá havia uma fossa, um buraco de uns quatro metros de profundidade — e puseram-nos nesse buraco.

VI

A vida dos dois ficou muito ruim. As grilhetas nunca eram tiradas e não os deixavam sair para o ar livre. Jogavam-lhes massa de pão crua, como a cães, e desciam água numa jarra. Dentro da fossa fedia, era abafado, molhado. Kostílin adoeceu de vez, ficou inchado, com quebradeira no corpo todo. E também Jílin desanimou: via as coisas mal paradas. E não sabia como se safar.

Tentou começar a cavar uma passagem, mas não tinha onde jogar a terra. O dono percebeu, ameaçou matá-lo.

Certo dia, estava Jílin acocorado no fundo da fossa, a pensar na vida livre, desalentado. De repente, bem sobre os seus joelhos, caiu um bolinho, outro, e choveram cerejas. Olhou para cima, e lá estava Dina. Ela riu para ele e saiu correndo. Jílin então pensou: "Será que Dina não me ajudaria?".

Limpou um lugarzinho na fossa, raspou um pouco de barro e começou a esculpir bonecas. Fabricou pessoas, cavalos, cachorros; pensou: "Se a Dina chegar, jogo para ela".

Só que no dia seguinte Dina não apareceu. E Jílin escutava cavalos pisoteando. Passaram alguns, e reuniram-se os tártaros junto à mesquita: discutiam, gritavam, mencionavam os russos. E Jílin ouviu a voz do velho. Não conseguiu entender

O PRISIONEIRO DO CÁUCASO 213

bem, mas percebeu que os russos se aproximavam, e os tártaros temiam que eles invadissem a aldeia, e não sabiam o que fazer com os prisioneiros. Falaram, falaram e foram embora. De repente, Jílin ouviu um ruído lá em cima. Olhou: era Dina, de cócoras, os joelhos mais altos que a cabeça. Debruçou-se, os colares pendentes balançavam sobre a fossa, os olhinhos brilhavam quais estrelinhas. Tirou da manga dois bolinhos de queijo, jogou para ele. Jílin apanhou-os e disse:

— Por que demoraste a chegar? Eu fiz uns brinquedos para ti. Aqui, pega! — e começou a jogá-los para cima, um por um.

Mas ela sacode a cabeça, não olha.

— Não precisa! — diz.

Calou-se, demorou um pouco e disse:

— Iván, eles querem te matar — e mostra o próprio pescoço com a mão.

— Quem quer me matar?

— Meu pai, os velhos estão mandando. Mas eu tenho dó de ti.

Jílin então responde:

— Pois, se tens dó de mim, traz uma vara comprida para mim.

Ela sacode a cabeça, que não pode. Ele juntou as mãos, suplicando:

— Dina, por favor! Dininha, traz!

— Não posso — diz ela —, vão me ver, estão todos em casa.

E foi-se embora.

Lá ficou Jílin à noite, sentado, pensando: "E agora, o que será?", sempre espiando para cima. As estrelas já brilhavam, mas a lua ainda não aparecera. O *mulá* acabou de cantar; tudo silenciou. Jílin já começava a cochilar, pensando: "A garota vai ter medo".

De repente começou a cair barro sobre a sua cabeça: olhou para cima, era uma vara comprida cutucando aquele canto da fossa. Cutucou, cutucou, começou a descer, a se arrastar para dentro do buraco. Jílin animou-se, agarrou-a com a mão, puxou para baixo — era uma vara reforçada. Ele já havia visto esta vara sobre o telhado do patrão.

Olhou para cima: as estrelas brilhavam alto no céu e, na boca da fossa, brilhavam os olhos de Dina, quais olhos de gato. Ela se inclinou sobre a borda da fossa e sussurrou:

— Iván, Iván! — e moveu as mãos junto ao rosto, pedindo silêncio.

— O que é? — perguntou Jílin, em voz baixa.

— Todos saíram, só dois estão em casa.

Aí Jílin disse:

— Então, Kostílin, levanta-te, vamos tentar pela última vez; eu vou te suspender.

Kostílin nem queria ouvir falar nisso.

— Não — disse —, parece que não é minha sina sair daqui. Para onde irei, se não tenho forças nem para me virar?

— Então, adeus, não me leves a mal.

E eles se beijaram em despedida.

Jílin agarrou-se à vara, mandou Dina segurar com força, e começou a subir. Caiu por duas vezes, atrapalhado pela grilheta. Kostílin ajudou-o, e ele conseguiu chegar em cima, a duras penas. Dina puxou-o pela camisa com as suas mãozinhas, sempre rindo.

Jílin pegou a vara e disse:

— Põe-a de volta no mesmo lugar, senão eles vão perceber e vão te bater.

Ela saiu arrastando a vara, e Jílin encaminhou-se morro abaixo. Desceu a encosta, pegou uma pedra pontuda e começou a tentar quebrar o cadeado da grilheta. Mas o cadeado era resistente, difícil de quebrar, e também não dava jeito. Aí ouviu alguém descendo a montanha a correr, pulando leve. Pensou: "Deve ser a Dina de novo". Dina chegou ligeira, pegou a pedra e disse:

— Deixa, eu.

Ficou de joelhos, começou a trabalhar. Mas as mãozinhas, magras como varinhas, não tinham força nenhuma. Ela jogou a pedra e começou a chorar. Jílin recomeçou a lutar com o cadeado: Dina, acocorada na sua frente, segurava-o pelo ombro. Jílin olhou para trás e viu que à esquerda, atrás da montanha, subia uma labareda vermelha — era a lua nascendo. "Agora", pensou, "tenho de atravessar o vale antes da lua, chegar até a floresta". Levantou-se, jogou a pedra. Com grilheta ou sem grilheta, tinha de andar.

— Adeus, Dininha — falou —, vou me lembrar de ti o resto da vida.

Dina agarrou-se a ele, apalpando-o com as mãos, à procura de um lugar onde meter os bolinhos. Ele aceitou os bolinhos.

— Obrigado — falou —, menina esperta. Quem é que vai fazer bonecas para ti, sem mim?

E afagou-lhe a cabeça.

Dina prorrompeu em pranto, cobriu o rosto com as mãos, correu encosta acima, pulando como cabritinha. Só se ouvia no escuro as placas de metal tilintando na trança a dançar-lhe sobre as costas.

Jílin persignou-se, segurou com a mão o cadeado da grilheta para que não fizesse barulho, e saiu pela estrada, arrastando a perna, sempre olhando para o clarão onde nascia a lua. Reconheceu o caminho — em linha reta, eram umas oito *verstás* de caminhada. Se ao menos desse tempo de chegar à floresta antes de a lua subir inteira! Atravessou o riacho, e a lua já estava branca, atrás da montanha. Foi andando pelo vale, sempre olhando: a lua ainda não aparecera. O clarão já empalidecera e, de um lado do vale, clareava mais e mais. A sombra se arrasta para o sopé do monte, aproximando-se cada vez mais dele.

Jílin caminhava, sempre se conservando na sombra. Ia apressado, mas a lua subia mais depressa ainda. Já à direita, os cumes se iluminaram. Jílin aproximava-se da floresta, e a lua surgiu por detrás dos montes — branca como o dia. Nas árvores, dava para distinguir cada folhinha. Pelas montanhas, tudo estava quieto e claro, como que amortecido. Só se ouvia o murmurar do riacho lá embaixo.

Jílin chegou à floresta, sem cruzar com ninguém. Escolheu um lugarzinho mais escuro na mata e sentou-se para descansar. Descansou um pouco, comeu um bolinho. Encontrou uma pedra, começou a martelar a grilheta de novo. Machucou as mãos, mas não conseguiu. Levantou-se, saiu andando pela estrada. Caminhou uma *verstá*, ficou exausto, os pés doloridos. Dava uns dez passos e parava. "Nada a fazer", pensou, "vou me arrastar enquanto tiver forças. Porque, se me sentar, não me levanto mais. Não conseguirei chegar até o forte hoje, mas, quando amanhecer, deito-me na floresta, passo o dia e recomeço a caminhada à noite".

Caminhou a noite inteira. Só cruzou com dois tártaros montados, mas Jílin pressentiu-os de longe e escondeu-se atrás de uma árvore.

A lua começou a empalidecer, caiu o orvalho, já estava clareando, mas Jílin ainda não chegara até a beira da saída da floresta. "Bem", pensou ele, "vou andar mais trinta passos, e então me sentarei".

Caminhou trinta passos e viu que a floresta terminava ali. Saiu para a orla, já era dia claro e, diante dele, como na palma da mão, viam-se a estepe e o forte e, à esquerda, bem perto do sopé do monte, fogos acessos, a fumaça subindo, e gente em volta das fogueiras.

Fixou o olhar e viu espingardas faiscando: eram cossacos, soldados.

Jílin reanimou-se, juntou as últimas forças e dirigiu-se para o sopé do monte. Andava e pensava: "Deus me livre que aqui, no campo aberto, um tártaro a cavalo me veja: mesmo com o forte tão perto, não escaparei".

Nem bem pensou isso — eis que vê, numa elevação à esquerda, três tártaros montados. Assim que o viram, dispararam em direção a ele. O coração de Jílin quase parou. Começou a agitar os braços, a berrar com toda a força dos pulmões para o lado dos seus:

— Acudam, irmãos!... Acudam!

Os seus ouviram. Cossacos cavalarianos partiram à toda, galopando para ele, cortando o caminho dos tártaros.

Os soldados estavam longe, os tártaros, perto. Mas aí Jílin juntou as últimas forças, segurou a grilheta com as mãos e correu ao encontro dos cossacos, sem sentir o próprio corpo, persignando-se e gritando:

— Irmãos! Irmãos! Irmãos!...

Os cossacos eram uns quinze homens.

Os tártaros se amedrontaram e, antes de alcançá-lo, foram parando. E Jílin chegou até os cossacos.

Os cossacos o rodearam, fazendo perguntas: quem era ele, que espécie de homem era, de onde vinha? Mas Jílin não conseguiu voltar a si, chorava e só repetia:

— Irmãos! Irmãos!...

Os soldados vieram correndo, cercaram Jílin: um lhe trazia pão, outro trazia papa de trigo, mais outro oferecia vodca; um o cobria com uma japona, outro quebrava a grilheta.

Os oficiais o reconheceram, levaram-no para o forte. Os soldados se regozijavam, os camaradas reuniram-se em volta dele. E Jílin contou tudo o que lhe acontecera, e disse:

— Pois é, foi assim que eu visitei minha mãe em casa, e me casei! Não, parece que não é esse o meu destino.

E Jílin ficou lá, servindo no Cáucaso.

Kostílin só um mês depois foi resgatado por cinco mil rublos. Foi trazido mais morto do que vivo.

DEUS VÊ A VERDADE, MAS CUSTA A REVELAR

Na cidade de Vladímir vivia o jovem comerciante Aksiónov. Era dono de duas vendas e de uma casa. Aksiónov era um homem vistoso, de cabelos louros cacheados, alegre e grande cantador. Aksiónov bebia bastante desde bem moço e, quando se embriagava, ficava agitado; mas, desde que se casou, largou de beber, e isto só lhe acontecia de raro em raro.

Certo dia, no verão, Aksiónov precisou viajar para a feira de Níjni. Quando se despedia da família, a mulher lhe disse:

— Iván Dimítrievitch, não viajes hoje: eu tive um sonho ruim contigo.

Aksiónov riu e disse:

— Estás sempre com medo de que eu me embriague na feira.

A mulher falou:

— Eu mesma não sei do que tenho medo, mas foi um sonho tão mau: tu chegavas da cidade, tiravas o gorro, e eu via que a tua cabeça estava toda grisalha.

Aksiónov riu de novo:

— Ora, isso é para melhor. Verás, quando eu terminar as vendas, que trarei presentes caros para todos.

Ele se despediu da família e partiu.

Na metade do caminho, encontrou-se com um comerciante conhecido e parou numa estalagem para pernoitar com ele. Os dois tomaram chá e foram deitar-se em quartos contíguos. Aksiónov não gostava de dormir muito; acordou no meio da noite e, para viajar com tempo mais fresco, despertou o cocheiro e mandou atrelar. Em seguida, pagou o estalajadeiro e partiu.

Após cobrir mais um bom pedaço de estrada, Aksiónov fez outra parada para alimentar os cavalos e descansar no vestíbulo da estalagem. Na hora do almoço, Aksiónov mandou esquentar o samovar e, então, sentou-se no degrau da entrada e pôs-se a tocar.

De repente, estaciona diante da porta uma carruagem de três cavalos, uma troica com guizos, da qual desce um funcionário com dois soldados. O funcionário aborda Aksiónov e pergunta:

— Quem é? De onde vem?

Aksiónov responde de boa vontade e convida:

— Não gostaria de tomar um chazinho comigo?

Mas o funcionário continua a insistir indagando:

— Onde passou a noite de ontem? Sozinho ou com um comerciante? Viu o comerciante de manhã? Por que partiu tão cedo da estalagem?

Aksiónov estranhou tantas perguntas. Respondeu tudo conforme foi e por fim falou:

— Por que me faz esse interrogatório? Não sou nenhum ladrão, nem um salteador de estrada. Estou em viagem de negócios, e não há motivo para todas essas perguntas.

Então o funcionário chamou os soldados e disse:

— Eu sou investigador e te interrogo porque o comerciante com quem pernoitaste a noite passada foi esfaqueado e morto. Mostra a tua bagagem e, vocês aí, examinem este homem.

Entraram na casa, pegaram a mala e a sacola e começaram a abrir e a examinar tudo. Súbito o investigador tirou uma faca da sacola e gritou:

— De quem é esta faca?

Aksiónov olhou, viu que tiraram da sua sacola uma faca ensanguentada e assustou-se.

— Por que este sangue na faca?

Aksiónov quis responder, mas não conseguia articular as palavras.

— Eu... eu não sei... eu... a faca... eu... não é minha.

Então o investigador falou:

— De manhã o comerciante foi encontrado morto na cama, morto a facadas. Além de ti, ninguém mais poderia ter feito isso. A porta estava trancada por dentro e, além de ti, não havia mais ninguém na casa. Aqui está a faca dentro da tua sacola, e também dá para perceber tudo pela tua cara. Confessa como o mataste e quanto dinheiro roubaste dele.

Aksiónov jurou que não foi ele quem fizera aquilo, que não viu o comerciante depois de ter tomado chá com ele, que o dinheiro que tinha consigo eram seus próprios oito mil rublos e que a faca não lhe pertencia. Mas sua voz falhava, seu rosto estava pálido e ele tremia de medo, como um culpado.

O investigador mandou que os soldados o manietassem e o levassem para a carroça. Quando o atiraram para dentro dela, de pés amarrados, Aksiónov persignou-se e começou a chorar. Tiraram-lhe o dinheiro e seus pertences, e o enviaram para a prisão na cidade mais próxima. Mandaram investigar em Vladímir que espécie de homem era Aksiónov, e todos os comerciantes e moradores de Vladímir atestaram que ele era bebedor e farrista desde moço, mas era um homem de bem.

Então ele foi a julgamento. Foi julgado e condenado por ter assassinado um comerciante de Riazán e roubado dele vinte mil rublos em dinheiro.

A mulher se afligia pelo marido e não sabia o que pensar. Seus filhos eram todos pequenos, um ainda de peito. Juntou todos e foi com eles para a cidade onde o marido estava encarcerado. No começo, não a deixaram vê-lo, mas depois conseguiu comover os guardas, que a levaram até ele. Quando o viu com roupa de prisioneiro, algemado, com bandidos, desabou no chão e ficou muito tempo sem recobrar os sentidos. Depois, colocando as crianças em volta de si, sentou-se ao lado do marido e começou a lhe falar dos assuntos domésticos e a lhe fazer perguntas sobre o que acontecera. Ele lhe contou tudo.

Então ela perguntou:

— O que vamos fazer agora?

Ele disse:

— Precisamos recorrer ao czar. Não é possível que deixem um inocente perecer.

A mulher respondeu que já enviara uma petição ao czar, mas que essa petição não chegara ao destino. Aksiónov não disse nada, só ficou de olhos baixos. Então a mulher falou:

— Bem que, naquele dia — lembras-te? —, eu sonhei que tinhas ficado grisalho. E realmente agora estás grisalho, de tanto sofrimento. Não devias ter partido naquele dia.

E começou a acariciar-lhe o cabelo, e disse:

— Iván, meu querido, diz a verdade à tua mulher. Não foste tu que fizeste aquilo?

Aksiónov disse:

— Também tu acreditaste que fui eu! — e cobriu o rosto com as mãos, chorando. Depois chegou um soldado e disse que a mulher e os filhos tinham de ir embora. E Aksiónov despediu-se da família pela última vez.

Quando a mulher se foi, Aksiónov começou a relembrar o que haviam conversado. Quando se lembrou de que a mulher também duvidara dele, pois lhe perguntara se fora ele que matara o comerciante, pensou: "Pelo visto, além de Deus, ninguém deve saber a verdade, e só a Ele preciso pedir e só Dele esperar misericórdia". E desde então Aksiónov parou de enviar petições, perdeu a esperança, e só ficou rezando a Deus.

Aksiónov foi condenado ao castigo dos açoites e ao desterro com trabalhos forçados. E assim foi feito. Ele foi chicoteado; depois, quando as feridas causadas pela chibata cicatrizaram, foi banido para a Sibéria, com outros condenados às galés.

Na Sibéria, nas galés, Aksiónov viveu vinte e seis anos. Seus cabelos ficaram brancos como a neve, e sua barba cresceu, longa, estreita e grisalha. Toda a sua alegria desapareceu. Ficou curvado, andava quieto, falava pouco, nunca ria e orava frequentemente a Deus.

Na prisão, Aksiónov aprendeu a fazer botas e, com o dinheiro ganho, comprou um livro de orações, que lia quando havia luz na cadeia. E, nos feriados, ia à igreja do presídio, lia os Apóstolos e cantava no coro: sua voz ainda continuava boa.

A direção gostava de Aksiónov pela sua mansidão, e os companheiros de presídio o respeitavam e o chamavam de "vovô" e de "homem de Deus". Quando havia pedidos a fazer, os companheiros sempre o enviavam para apresentar as petições à direção do presídio. E, quando aconteciam desentendimentos entre os condenados, sempre o procuravam para resolvê-los.

De casa, ninguém lhe escrevia nem mandava notícias, e ele não sabia se sua mulher e seus filhos ainda estavam vivos. Certo dia, trouxeram para o presídio uma leva de condenados novos. Ao anoitecer, todos os galés antigos reuniram-se ao redor dos recém-chegados e começaram a perguntar a cada um quem era, de que cidade ou aldeia vinha e por que motivo estava ali. Aksiónov também se sentou num catre junto aos novos e, de olhos parados, ficou ouvindo o que eles contavam.

Um dos novos condenados era um velho alto e forte, de uns 60 anos, de barba grisalha aparada. Ele contava por que fora preso, e dizia:

— É, meus irmãos, vim parar aqui à toa. Desatrelei o cavalo do trenó de um postilhão. Pegaram-me, disseram que o roubei. Eu falei que só queria chegar mais depressa, por isso soltei o cavalo, que o cocheiro era meu amigo e que estava tudo em ordem. "Não", disseram eles, "tu o roubaste". E nem eles sabiam o que havia roubado ou onde. Correu pendência. Eu já deveria ter vindo para aqui há muito tempo, mas não conseguiram provas, e agora me mandaram para cá sem qualquer lei.

— Mas de onde vieste? — perguntou um dos galés.

— Sou da cidade de Vladímir, cidadão de lá. Meu prenome é Macar, mas todos me chamam de Semiónitch.

Aksiónov levantou a cabeça e perguntou:

— Diz uma coisa, Semiónitch, lá na cidade de Vladímir, não ouviste falar da família Aksiónov, comerciantes? Será que estão vivos?

— Como não! São comerciantes ricos, apesar de o pai estar na Sibéria. Decerto é um pecador, igual a mim. E tu, vovô, por que estás aqui?

Aksiónov não gostava de falar da sua desgraça. Suspirou e disse:

— Pelos meus pecados, há vinte e seis anos cumpro trabalhos forçados.

Macar Semiónitch perguntou:

— E que pecados foram esses?

Aksiónov disse:

— Decerto foi merecido.

E não quis contar mais nada. Mas os outros companheiros de galés contaram ao novato como Aksiónov viera parar na Sibéria. Contaram-lhe como, durante a viagem, alguém matara um comerciante, escondera a faca na sacola de Aksiónov, e como por isso ele fora condenado sem culpa.

Quando Macar Semiónitch ouviu isso, olhou para Aksiónov, bateu com as palmas das mãos nos joelhos e disse:

— Espantoso! É um milagre! E como tu envelheceste, vovô!

Começaram a perguntar-lhe por que se espantava e de onde já vira Aksiónov. Mas Macar Semiónitch não respondeu, só repetiu:

— É um milagre, pessoal, onde a gente acaba se encontrando!

E essas palavras despertaram em Aksiónov a ideia de que talvez esse homem soubesse quem havia matado o comerciante. Então perguntou-lhe:

— Será que já ouviste falar desse caso antes, Semiónitch, ou será que me viste antes em algum lugar?

— Como não ouvir falar? Ouve-se de tudo no mundo, as notícias correm. Mas isso já foi há muito tempo, o que eu ouvi já esqueci — disse Macar Semiónitch.

— Quem sabe ouviste o nome de quem matou o comerciante? — perguntou Aksiónov.

Macar Semiónitch começou a rir e respondeu:

— Decerto quem matou foi o dono da sacola onde encontraram a faca. Mesmo que alguém tenha metido a faca na tua sacola, quem não foi preso não é culpado. E, de qualquer jeito, como foi possível alguém esconder a faca na tua sacola, se a sacola estava na tua cabeceira? Tu terias percebido.

Assim que Aksiónov ouviu essas palavras, compreendeu que fora esse mesmo homem quem matara o comerciante. Levantou-se e se afastou.

Durante toda aquela noite Aksiónov não conseguiu adormecer. A tristeza dominou-o, e começou a imaginar: lembrou-se da mulher, tal como ela era quando o acompanhara pela última vez, na partida para a feira. Ele a via claramente, como se fosse viva: via o seu rosto e seus olhos, ouvia a sua voz e o seu riso. Depois, visualizou os filhos, tais como eram então — pequeninos, um de casaquinho, outro junto ao seio. E se lembrou de si mesmo, como era naquele tempo — alegre, jovem, animado; lembrou-se de como estava sentado no degrau da soleira da estalagem onde fora preso, a tocar sua guitarra, e de como estava se sentindo bem, de alma leve, naquela hora. E se lembrou do cadafalso onde fora açoitado, e do carrasco, e do povo em volta, e das correntes, e dos galés, e de todos os vinte e seis anos de sua vida de presidiário. E se lembrou da sua velhice. E baixou sobre Aksiónov uma depressão tamanha, que teve vontade de dar cabo de si mesmo.

DEUS VÊ A VERDADE, MAS CUSTA A REVELAR 229

"E tudo por causa daquele celerado...", pensava Aksiónov.

Acometeu-o, então, uma raiva tão grande contra Macar Semiónitch, que agora só pensava em se vingar dele, ainda que lhe custasse a própria vida. Ficou recitando orações a noite inteira, mas não conseguiu se acalmar. Durante o dia, não se aproximou de Macar Semiónitch e evitava olhar para ele. Assim passaram-se duas semanas. Aksiónov não conseguia dormir, sua tristeza era tanta que não sabia o que fazer consigo mesmo.

Certa noite, insone, perambulando pelo pavilhão do presídio, reparou que havia terra caindo de um dos catres. Parou e olhou melhor.

Súbito, sob o catre, apareceu Macar Semiónitch, fitando Aksiónov com um olhar assustado. Aksiónov quis passar adiante, para não vê-lo, mas Macar agarrou-o pela mão e contou como havia cavado uma passagem por baixo das paredes, e como todos os dias levava a terra para fora dentro do cano das botas, para despejá-la na rua, quando eram conduzidos ao trabalho. E acrescentou:

— Tu, velho, cales a boca; e eu te levarei comigo. Mas, se me denunciares, eles vão me moer de açoite, e eu não vou te perdoar — eu te mato.

Quando Aksiónov encarou o seu malfeitor, começou a tremer inteiro de raiva, arrancou sua mão da mão dele e disse:

— Eu não tenho por quê para sair daqui e tu não tens por quê me matar — já me mataste há muito tempo. E, quanto a denunciar-te, isso eu farei ou não farei, conforme Deus me inspirar.

No dia seguinte, quando levavam os condenados para o trabalho, os soldados repararam que Macar Semiónitch despejava terra da bota. Puseram-se a procurar dentro do pavilhão e encontraram o buraco. O diretor veio ao presídio e começou a interrogar todos:

— Quem cavou esse buraco?

Todos negaram. Aqueles que sabiam não entregaram Macar, porque sabiam que por esse ato ele seria açoitado quase até a morte. O diretor, então, dirigiu-se a Aksiónov. Ele sabia que Aksiónov era um homem justo, e perguntou:

— Velho, tu não mentes; conta-me, diante de Deus, quem foi que fez isso?

Macar Semiónitch, parado na frente do diretor como se nada tivesse acontecido, nem olhava para Aksiónov.

As mãos e os lábios de Aksiónov tremiam e, por muito tempo, ele permaneceu sem poder pronunciar uma palavra. Pensava: "Se eu o encobrir, por que o estarei perdoando, se ele arruinou a minha vida? Ele que pague pelos meus tormentos. Mas, se eu o denunciar, é certo que o matarão com açoites. E se eu o acuso sem razão? De qualquer modo, será que me sentirei melhor por isso?".

O diretor repetiu:

— Como é velho, fala a verdade: quem cavou essa passagem?

Aksiónov olhou para Macar Semiónitch e disse:

— Não posso contar, Excelência. Deus não me permite falar. E eu não falarei. Faça comigo o que quiser fazer — o poder é seu.

E, por mais que o diretor se esforçasse e insistisse, Aksiónov não disse mais nada. E ficaram mesmo sem saber quem cavara o buraco.

Na noite seguinte, quando Aksiónov, deitado em seu catre, começava a cochilar, ouviu que alguém se aproximava e se sentava junto aos seus pés. Olhou no escuro e reconheceu Macar. Aksiónov perguntou:

— O que mais queres de mim? O que estás fazendo aqui?

Macar Semiónitch permanecia calado. Aksiónov soergueuse e indagou:

— Do que precisas? Vai embora! Senão eu chamo o soldado.

Macar Semiónitch inclinou-se sobre Aksiónov, bem perto, e sussurrou:

— Iván Dimítrich, perdoa-me!

Aksiónov disse:

— Perdoar-te pelo quê?

— Fui eu que matei o comerciante e pus a faca na tua sacola. Eu quis te matar também, mas ouvi um ruído no pátio, então enfiei a faca na tua sacola e escapei pela janela.

Aksiónov, calado, não sabia o que dizer. Macar Semiónitch desceu do catre, curvou-se até o chão e disse:

— Iván Dimítrich, perdoa-me pelo amor de Deus. Eu direi que fui eu que matei o comerciante — tu serás perdoado. Poderás voltar para casa.

Aksiónov disse:

— Para ti é fácil falar, mas e eu, como é que vou aguentar? Para onde irei agora?... Minha mulher morreu, meus filhos me esqueceram; não tenho para onde ir...

Macar Semiónitch não se erguia do chão, batia com a cabeça na terra e repetia:

LEV TOLSTÓI

— Iván Dimítrich, perdoa! Quando me açoitavam com a chibata, era mais fácil de suportar do que olhar para ti agora... E tu ainda tiveste dó de mim, não me entregaste. Perdoa-me, pelo amor de Cristo, perdoa este malfeitor amaldiçoado! — E prorrompeu em soluços.

Quando Aksiónov ouviu Macar Semiónitch chorando, ele também começou a chorar e disse:

— Deus vai te perdoar. Quem sabe eu sou mil vezes pior que tu!

E, de repente, ele sentiu a alma aliviada. E parou de sentir saudades de casa. Já não quis sair do presídio para lugar algum, e só ficou pensando na sua hora derradeira.

Macar Semiónitch não obedeceu a Aksiónov e confessou-se culpado.

Quando saiu para Aksiónov a permissão de voltar para casa, ele já havia morrido.